Guia de leitura para

O SÍMBOLO PERDIDO

Guia de leitura para
O SÍMBOLO PERDIDO

Tradução
Renato Motta e Fátima Santos

Greg Taylor

CIP-BRASIL. CATALOGAÇÃO NA FONTE
SINDICATO NACIONAL DOS EDITORES DE LIVROS, RJ.

T24g Taylor, Greg
O guia de leitura para O símbolo perdido, de Dan Browm/ Greg Taylor; tradução: Renato Motta e Fátima Santos. – Rio de Janeiro: Best*Seller*, 2010.

Tradução de: The guide to Dan Brown's The Lost Symbol
Anexos
ISBN 978-85-7684-456-3

1. Brown, Dan, 1964 – O símbolo perdido. 2. Brown, Dan, 1964 – Crítica e interpretação. 3. Maçonaria na literatura. 4. Cristianismo e literatura. 5. Rosa-cruzes na literatura. 6. Sociedade secretas na literatura. 7. Simbolismo na literatura. 8. Sociedades secretas – Estados Unidos – História. I. Título.

08-2799 CDD: 813
CDU: 821.111(73)-3

Título original norte-americano
THE GUIDE TO DAN BROWN'S THE LOST SYMBOL

Capa: Studio Creamcrackers
Foto: Uschools University Images / Istockphoto
Editoração eletrônica: DFL

Impresso no Brasil

ISBN 978-85-7684-456-3

SUMÁRIO

INTRODUÇÃO

EM BUSCA DOS SEGREDOS DE *O SÍMBOLO PERDIDO*

O segredo é a forma de... *escrever*. Dan Brown certamente sabe como fazer isso. Quando lançou seu romance *O código Da Vinci*, em 2003, ele devia estar esperando algum reconhecimento. Em 1996, Dan Brown fez a maior aposta de sua vida ao largar seu emprego como professor de inglês na prestigiada Phillips Exeter Academy, a fim de se tornar um romancista profissional. Seu primeiro trabalho como escritor, *Fortaleza digital*, explorou os controversos debates entre os interesses da segurança nacional *versus* a privacidade do cidadão, o que fez por meio de um de seus hobbies favoritos: a criptografia. Entretanto, mesmo tendo sido o livro eletrônico mais vendido do ano, *Fortaleza digital* vendeu pouco nas livrarias.

Dois romances se seguiram: *Ponto de impacto* e *Anjos e demônios*, com recepção similar. Neste último, porém, o escritor encontrou uma receita poderosa que acabaria por transformar sua obra seguinte em um sucesso extraordinário. Em *Anjos e demônios*, os leitores foram apresentados ao agora famoso personagem Robert Langdon, um professor de simbologia religiosa de Harvard que fora convocado por autoridades para solucionar crimes misteriosos, já que possuía conhecimento de símbolos e códigos.

Do mesmo modo que *Fortaleza digital* faz uma justaposição da segurança nacional com a privacidade do cidadão, a trama de *Anjos e demônios* é baseada na dicotomia entre ciência e religião — talvez um reflexo das próprias influências de Brown, filho de um premiado professor de matemática e de uma professora de música sacra. A trama, que envolve uma antiga sociedade secreta dedicada a batalhas seculares contra a Igreja Católica, permitiu que o autor incluísse na história vários tópicos interessantes, embora díspares: ciência de ponta, teorias da conspiração, simbolismo religioso e criptografia.

O aspecto de "caça ao tesouro" é peça fundamental nos romances de Dan Brown, e isso deriva de sua paixão por criptografia. Durante sua infância, seu pai matemático desenvolvia atividades de caça ao tesouro para seus filhos, que sempre envolviam cifras e códigos. Mais tarde, Brown iria inserir esse pedacinho de sua própria história na personagem Sophie Neveu, de *O código Da Vinci*. O apelo para seu público é óbvio: os códigos criptografados e o simbolismo atraem o leitor em um nível pessoal, pois ele tenta resolver cada um dos problemas propostos na trama; enquanto isso, os aspectos de "história oculta" apelam para a sensação de revelação, de desvelar segredos. John Chadwick, o filólogo e criptanalista que ajudou a decifrar a antiga linguagem dos gregos denominada "linear B", descreve com habilidade a afinidade humana com segredos e enigmas, em seu livro *The Decipherment of Linear B* (Como decifrar a escrita linear B):

> *O impulso de descobrir segredos está profundamente entranhado na natureza humana; até a menos curiosa das mentes se empolga diante da expectativa de compartilhar conhecimento e escondê-lo*

dos outros (...) Quase todos nós sublimamos esse impulso resolvendo enigmas artificiais formulados para entreter.[1]

A mistura do velho gênero de histórias de detetive com o tema das sociedades secretas e histórias alternativas se mostrou poderosa no romance seguinte de Dan Brown, *O código Da Vinci.* Tomando como referência os mistérios históricos da sociedade secreta conhecida como Priorado de Sião e encaixando lendas da história da arte em seus quebra-cabeças criptográficos, Brown finalmente realizou seu sonho de escrever um best seller, e em grande estilo.

Raramente um romance alcança números tão extraordinários. Desde o seu lançamento, em 2003, *O código Da Vinci* vem batendo recordes de vendas. Até setembro de 2009, a editora americana de Dan Brown, a Random House, afirma ter vendido mais de 81 milhões de exemplares em todo o mundo. Como bônus, isso acabou transformando os romances anteriores do autor em best sellers. É surpreendente, mas, no início de 2004, os quatro livros de Brown estavam entre os dez mais vendidos da lista do *New York Times* na mesma semana, uma façanha incrível. Sem mencionar que tanto *O código Da Vinci* quanto *Anjos e demônios* foram transformados em filmes de sucesso, com a participação de dois ganhadores do Oscar: o diretor Ron Howard e Tom Hanks, no papel de Robert Langdon. A versão de cinema para *O símbolo perdido* já está em pré-produção, e o lançamento está previsto para 2012.

O código Da Vinci também teve notória influência sociológica. O uso de temas heréticos por Dan Brown, como o casamento de Jesus com Maria Madalena, gerou controvérsias em toda parte, além de promover muitas discussões sobre a "verdadeira história" do cristianismo, em particular do catolicismo. Em março de 2005, o Vaticano reagiu com uma ofensiva contra o best seller de Dan Brown: em um ataque sem precedentes contra um livro de ficção, o cardeal Tarcisio Bertone, arcebispo de Gênova, afirmou que o romance era "repleto de mentiras e manipulações". O cardeal Bertone descreveu a trama herética de Dan Brown como "deplorável" e orientou as livrarias católicas a retirar a publicação das prateleiras.

LÁ VEM *O SÍMBOLO PERDIDO*

Nesse ponto, cabe uma pergunta importante: será que Dan Brown já esperava por esse sucesso e, na verdade, já o planejara? O lançamento de *O código Da Vinci* foi precedido pelo equivalente a um ataque frontal. A editora Doubleday enviou cerca de 10 mil exemplares do livro como cortesia para jornalistas responsáveis por resenhas literárias, e também para muitos livreiros. Foi um investimento de risco, pois Dan Brown ainda era, na época, um autor de sucesso moderado. Na verdade, o número de exemplares enviados gratuitamente foi quase metade da quantidade de exemplares vendidos dos três primeiros livros do autor, somados. Esse passo corajoso, entretanto, provou valer o risco, e as primeiras resenhas favoráveis geraram um boca a boca que garantiu um sucesso duradouro para o romance.

Além disso, ficou claro que Dan Brown planejava desde cedo que *O código Da Vinci* seria o primeiro de uma série de livros que seriam comercializados juntos: na sobrecapa da edição norte-americana do romance, numerosas cifras e códigos podem ser encontrados, todos eles referentes ao tema principal de *O símbolo perdido*, que seria lançado seis anos depois! Quando os leitores encontraram tais mensagens codificadas, essas lhes pareceram, no mínimo, ambíguas e confusas. Entretanto, a razão para tal inclusão se tornou clara quando Dan Brown anunciou, em uma entrevista, que algumas pistas sobre seu romance seguinte poderiam ser encontradas na sobrecapa de *O código Da Vinci*. Logo depois, o site oficial de Dan Brown anunciou uma competição intitulada "Desvende o código: o segredo está escondido bem diante dos seus olhos."

Tal inclusão de códigos foi um golpe magistral por parte de Dan Brown e de seus editores, demonstrando admirável visão de futuro. Centenas de milhares de fãs participaram da competição no site, e fóruns na internet foram inundados por imensas discussões que buscavam decifrar os códigos. Depois, na trilha do aguardado lançamento de *O símbolo perdido*, Dan Brown e seus editores liberaram novas dicas sobre o conteúdo do novo romance via Facebook e Twitter.[2] Faturando em cima da ansiedade criada e revelando mais dicas aos poucos, Brown conseguiu gerar um nível quase histérico de expectativa para a aguardadíssima sequência de *O código Da Vinci*.

Em busca de respostas

Agora que o livro foi lançado, os leitores finalmente conheceram a trama e os personagens de *O símbolo perdido*. Mas até que ponto eles conhecem os tópicos abordados na trama? A francomaçonaria é uma sociedade secreta — ou, como seus membros preferem chamar, uma "sociedade com segredos" — sobre a qual a maioria dos leitores sabe bem pouco. Brown aborda por alto muitos assuntos fascinantes relacionados à francomaçonaria, de suas ligações com o início da era científica moderna ao impacto sobre os pais fundadores dos Estados Unidos, sem, portanto, aprofundar-se nos detalhes. Porém,

O símbolo perdido lança a rede muito além da francomaçonaria. Dan Brown menciona casualmente vários aspectos da "história oculta" dos Estados Unidos, tais como o papel desempenhado por outra sociedade secreta, a Fraternidade Rosacruz, no estabelecimento da nova nação. Importantes figuras históricas, como Sir Francis Bacon, recebem rápidas referências, sem muitas discussões sobre como elas se encaixam na história. Os ideais deístas e utópicos dos pais fundadores dos Estados Unidos também são comentados, mas o assunto é rapidamente descartado. Além disso, os segredos esotéricos e a ciência de ponta que Dan Brown aborda no livro merecem um pouco mais de atenção, considerando sua importância para a humanidade, caso eles tenham algum fundo de verdade.

Talvez Dan Brown desejasse deixar por conta do leitor a busca por mais informações a respeito desses tópicos enigmáticos. Se for esse o caso, este guia é exatamente o que você procura. Em cada capítulo, exploraremos um pouco mais os "'grandes' conceitos" apresentados em *O símbolo perdido*: as origens da francomaçonaria, os segredos dos chamados Antigos Mistérios e a revolucionária e avançadíssima ciência noética, que poderá mudar para sempre a nossa visão do mundo. Se você está apenas em busca de curiosidades e detalhes insignificantes sobre os fatos, este não é o livro certo. Ao ler este guia, espero que você aprenda mais a respeito dessas ideias fascinantes e obtenha um entendimento melhor dos principais assuntos abordados no romance quando os inevitáveis debates sobre *O símbolo perdido* começarem. Apertem os cintos!

CAPÍTULO 1

A FRATERNIDADE ROSACRUZ

Nas duas histórias anteriores, que apresentavam Robert Langdon como protagonista, Dan Brown usou sociedades secretas como tema central. Em *Anjos e demônios* ele falou dos Illuminati, enquanto em *O código Da Vinci* foi a vez do Priorado de Sião. Em *O símbolo perdido*, Dan Brown voltou os olhos para a francomaçonaria. Apesar de existirem muitas dúvidas sobre a origem do Priorado de Sião, tanto os Illuminati quanto a francomaçonaria são fraternidades históricas reais (embora, verdade seja dita, a versão que Dan Brown apresentou dos Illuminati tenha sido imensamente ficcional em se tratando dos detalhes). A francomaçonaria, definitivamente, sobreviveu aos tempos modernos, enquanto os Illuminati da Bavária aparentemente existiram por menos de uma década, no século XVIII; porém, muitos adeptos das teorias de conspiração garantem que eles apenas ficaram "na clandestinidade" desde aquela época, e não só sobrevivem até os dias de hoje como continuam exercendo grande influência sobre eventos mundiais.

Em resposta a uma pergunta sobre sua fascinação pelas sociedades secretas, Dan Brown declarou o seguinte:

Meu interesse surgiu por eu ter sido criado na Nova Inglaterra, rodeado de clubes clandestinos nas universidades da Ivy League, lojas maçônicas dos nossos pais fundadores e corredores ocultos do poder dos primeiros governos...[3]

Há uma quantidade maciça de literatura contraditória sobre a maçonaria, e muitas vezes é difícil perceber onde terminam as lendas e começam as verdades, especialmente no que se refere à história desse grupo enigmático. Superficialmente, a maçonaria é considerada por leigos no assunto um curioso grupo de "velhos companheiros" ou, numa versão alternativa, uma organização maquiavélica de poderes subversivos. Nas próximas páginas, daremos uma olhada nas origens dessa sociedade e em como ela causou impacto sobre a história norte-americana de forma significativa.

Tanto os Illuminati quanto os maçons são parte de uma tradição muitas vezes citada como "rosacrucianista". Seus grupos englobavam numerosas crenças e lealdades políticas, mas talvez todas elas possam se unir pela similaridade de suas aspirações. Em *O símbolo perdido*, Dan Brown faz muitas referências a essa tradição — bem como a alguns dos elementos-chave envolvidos, como Sir Francis Bacon —, sem discorrer mais a respeito do seu significado para a história do mundo e, mais especialmente, dos Estados Unidos. Para compreender as origens desses grupos precisamos voltar no tempo cerca de 500 anos, a fim de explorar o clima político e religioso da Europa da época, bem como considerar o surgimento da ciência moderna a partir do período denominado Iluminismo. Essa rápida incursão através da história se mostrará imensamente útil para compreendermos a importância do pensamento rosacrucianista e da maçonaria, bem como das possíveis motivações dos pais fundadores dos Estados Unidos.

Uma Europa dividida

O começo do século XVI assistiu ao início de um imenso tumulto que se abateu sobre a Europa. A Igreja Católica havia se tornado moral e financeiramente corrupta. As monarquias por todo o continente reafirmavam suas regras em estilo draconiano, removendo as restrições constitucionais à sua autoridade. Além disso, como resultado da pressão ocasionada pelas rápidas mudanças que vinham ocorrendo nas sociedades, problemas começaram a fermentar sob a superfície do cotidiano. Pode-se dizer que um raio veio do céu e, literalmente, serviu de ignição para um inferno iminente...

Em 1505, um jovem alemão voltava da escola quando um raio atingiu o chão, bem ao seu lado. Aterrorizado, ele fez na mesma hora uma promessa em troca da sua salvação: "Valei-me, Santa Ana, e prometo me tornar monge." Ao perceber que sobrevivera, Martinho Lutero, com 21 anos, manteve sua palavra, largou a faculdade de Direito que cursava e entrou para um mosteiro. Entretanto, apesar do amor fervoroso pelo cristianismo, não levou muito tempo para que se desiludisse com a Igreja.

O desagrado de Lutero, provocado pela ganância endêmica e pela corrupção existentes na Igreja Católica, continuou fervilhando até 1517, quando o jovem fez um sermão em que atacava as vendas de indulgências pela Igreja. Além disso, como parte desse ataque, pregou um documento na porta da igreja, convocando todos para um debate. O documento de Lutero condenava a cobiça e o secularismo da Igreja. O jovem católico certamente tocou em um ponto nevrálgico da sociedade europeia, pois em duas semanas sua manifestação já se espalhara por toda a Alemanha, sendo logo depois lido e discutido em todos os pontos da Europa. A Reforma tivera início, e a Europa estava prestes a se dividir em dois campos religiosos: o catolicismo e o protestantismo.

Na Inglaterra, a Reforma prometia uma nova era, e Henrique VIII achou politicamente vantajoso romper com Roma. Imensas propriedades que pertenciam à Igreja Católica foram confiscadas pela monarquia, passando assim, a maior parte delas, às mãos da nobreza. Com tantas recompensas para aqueles que apoiassem a Reforma, o resultado foi óbvio. É nessa "nova" Inglaterra que encontramos alguns dos personagens-chave responsáveis pelo início da Fraternidade Rosacruz.

O ÚLTIMO MAGO

Em paralelo com a revolução religiosa promovida pela Reforma, surgiu outro desafio à autoridade da Igreja. Quase no fim do século XV um pequeno grupo de Florença deu origem à era do esoterismo ocidental. Centrado no filósofo renascentista Marsilio Ficino, a catalisadora desse momento crucial foi a tradução de vários textos antigos, incluindo alguns sobre misticismo cristão, neoplatonismo, gnosticismo e o *Corpus Hermeticum*; traduzido do latim em 1471, este último, em especial, provocou um impacto significativo no meio intelectual da época, através de ensinamentos de seu suposto autor, o lendário Hermes Trimegisto. O trabalho de Ficino inspirou outro jovem autor florentino, Giovanni Pico della Mirandola, que adicionou à tal mistura esotérica as tradições místicas judaicas da cabala. Então, no início do século XVI, muito dessa sabedoria oculta foi reunido, dando origem ao que talvez seja o mais influente livro de magia e ocultismo na história da humanidade: *De Occulta Philosophia* (A filosofia oculta), de Heinrich Cornelius Agrippa. Nas palavras do estudioso esotérico Henrik Bogdan, nessa obra seminal "a magia natural de Ficino e a cabala de Pico della Mirandola se combinaram com a arte da alquimia, e, a partir daí, as três 'joias' do esoterismo ocidental — a magia, a astrologia e a alquimia — se entrelaçaram".[4] Esse renascimento esotérico se espalhou rapidamente por toda a Europa nos anos seguintes, sendo bem-recebido na Inglaterra por um indivíduo notável.

O lendário filósofo elisabetano John Dee (1527-1609) era a própria definição de "homem da Renascença". Respeitado matemático, astrônomo e geógrafo, ele também era astrólogo da rainha Elisabeth, bem como um sério estudante de alquimia, cabala e magia. Como possuía conhecimentos de navegação, passou a ensiná-los a muitos dos grandes exploradores da sua época; a rainha da Inglaterra o escutava e o tinha em alta estima.

Apesar de ser um cristão temente a Deus, Dee também era fascinado pelo ocultismo. As filosofias hermética e cabalística de Pico della Mirandola foram de grande influência, assim como a divisão que propunha do universo em três mundos: o natural, o celestial e o supracelestial, instituída por Agrippa.[5] Para muitos, John Dee é lembrado hoje principalmente pelas tentativas de comunicação com as hierarquias celestes dos anjos, uma prática ainda efetuada por ocultistas modernos, sob o título de "magia enoquiana". Apesar de suas atividades parecerem heréticas atualmente, bem como contraditórias às crenças cristãs, o cenário religioso era diferente naquela época. A respeitada estudiosa Dame Frances Yates assinala que durante a Renascença os estudos da cabala e do hermetismo não eram desencorajados pela Igreja Católica. Na verdade, até os cardeais costumavam se arriscar nessa área. O status da magia, entretanto, era muito mais tentador, com o constante perigo de o estudioso ser rotulado como alguém ligado ao diabo.

John Dee, no entanto, deve ter achado que sua magia tinha alguma inclinação cristã, pois tentava se conectar com os anjos, e não invocar demônios. Na verdade, seu objetivo era unificar a Europa através da descoberta da pura religião dos ancestrais, curando quaisquer outros "ismos" derivados. Frances Yates vê em John Dee o que originou o chamado "Iluminismo rosacrucianista":[6] com o protestantismo permitindo mais liberdade de ação e tolerância às práticas de ocultismo, os primórdios dessa ciência foram alimentados enquanto esses "magos" faziam experiências utilizando alquimia e filosofia natural. Entretanto, Yates afirma que a tendência ocultista de John Dee foi expurgada da história para servir de fonte de inspiração para a ciência moderna, assim como para a formação da Fraternidade Rosacruz, por pessoas que temiam as repercussões da mais então recente caça às bruxas.

Em sua obra, *O iluminismo rosacrucianista*, Frances Yates descreve John Dee como uma "figura de grande importância", a principal influência por trás do movimento rosacrucianista. E a chave para esse movimento foi a filosofia da *inclusão*, a ideia de que a humanidade só poderia progredir se aprendesse a ser mais tolerante em relação a qualquer atitude religiosa. E esse é um dos temas principais em *O símbolo perdido*.

O AVANÇO DO CONHECIMENTO

O alvorecer do século XVII foi um maravilhoso período de descobertas. A ideia herética proposta por Copérnico, de que a Terra na verdade girava em torno do Sol, começou a ser levada a sério. As figuras de Galileu Galilei e Kepler impuseram sua monumental influência sobre a história. E um cavalheiro inglês que atendia pelo nome de Francis Bacon inaugurou, extraoficialmente, uma das maiores instituições científicas do mundo.

Sir Francis Bacon (1561-1626) era o mais novo entre os cinco filhos de Sir Nicholas Bacon, o "guardião do grande selo" na corte da rainha Elisabeth I. Homem de extraordinária inteligência, Bacon se mostrava insatisfeito com os métodos e os resultados da "ciência" da época. Diante disso, tomou para si a incumbência de instituir um novo método de aprendizado, em paralelo com suas influências políticas e sua carreira jurídica durante os reinados tanto de Elisabeth I quanto de James I. Em seu livro *The Advancement of Learning* (O avanço do conhecimento), publicado em 1605, Bacon declarou insatisfatória boa parte do saber então vigente. Ele propunha uma fraternidade do aprendizado por meio da qual homens cultos pudessem trocar ideias independentemente de suas crenças e filiações políticas. Percebe-se aqui um curioso eco do desejo por inclusão demonstrado por John Dee, uma espécie de sabedoria universal de acordo com a qual o conhecimento pertenceria igualmente a todos os homens.

Em sua obra *Novus Organum* (Novo órgão), Bacon deu continuidade às suas ideias sobre como a busca por conhecimento pode ser refinada. Pretendendo tomar o lugar do *Organum*, obra do grande filósofo Aristóteles, o livro estabelecia procedimentos científicos muito mais rigorosos, que vieram a ficar conhecidos como "método baconiano". Este levava em consideração muitas possíveis falhas experimentais, tais como a tendência humana de identificar padrões em sistemas aleatórios, o uso de métodos incorretos e os parâmetros pessoais. Tal conceito se tornou um dos recursos fundamentais da iminente revolução científica que catapultaria o mundo rumo a uma nova era de descobertas e avanço tecnológico.

Bacon continuou a divulgar suas ideias sobre o avanço do conhecimento até sua morte bizarra, em 1626. Inspirado pela possibilidade de utilizar neve para conservar carne, o cientista comprou uma ave no mercado e se pôs a avaliar pessoalmente essa hipótese, com comportamento legitimamente científico. Entretanto, o processo de rechear a ave com neve foi demais para sua saúde frágil, e ele contraiu uma pneumonia, o que causou seu falecimento em seguida. De qualquer maneira, logo depois da sua morte outro dos seus influentes ensaios, *A nova Atlântida* foi publicado, sobre o qual falaremos adiante.

A CHEGADA DOS ROSACRUCIANISTAS

Quando Bacon ainda estava vivo, começaram a surgir muitos textos estranhos que, apesar de suas características obscuras, logo exerceriam dramática influência sobre toda a Europa. Entre 1614 e 1615, na cidade alemã de Kassel, dois misteriosos manuscritos foram publicados sem qualquer indicação de autoria. Outros títulos curiosos, tais como *Frama Fraternitatis* (A fama da respeitável ordem da Cruz Rosa) e *Confessio Fraternitatis* (Confissão da fraternidade), começaram a se espalhar.

Tais publicações contavam a história mitológica de um alemão chamado Christian Rosenkreutz, nascido em 1378, que tinha viajado para a Terra Santa e para o Oriente Médio aos 16 anos. Lá, ele teria deparado com uma comunidade de convicções utópicas, governada unicamente por “homens sábios e de grande entendimento”. Rosenkreutz também teria sido iniciado nos mistérios do ocultismo e da antiga "sabedoria secreta" em meio a essa fantástica peregrinação

Também segundo esses textos, ao voltar para a Alemanha, Rosenkreutz teria fundado a Fraternidade da Cruz Rosa em 1407, com homens com quem possuía identificações ideológicas. O grupo assumiu a missão de viajar por todo o mundo espalhando os ensinamentos antigos e curando os doentes.

Rosenkreutz teria morrido em 1484, com a avançada idade de 106 anos. Diz-se que um pequeno grupo de iniciados deu continuidade ao seu importante trabalho, até que, em 1604, um dos membros de tal confraria descobriu uma porta secreta que levava ao túmulo do mestre Rosenkreutz. Ao abrirem-na, e estando nela entalhada a profecia "passados 120 anos, eu me abrirei", eles encontraram uma câmara abobadada de sete lados, coberta de símbolos, livros e outros objetos extraordinários. Um dos tesouros era o chamado "Livro M", que se dizia ter sido produzido pelo rei Salomão, e no qual ele registrara "todas as coisas passadas, presentes e futuras". No meio da cripta havia um caixão com o corpo perfeitamente preservado de Christian Rosenkreutz. Esse fenômeno foi considerado um sinal de que a existência da ordem deveria se tornar pública e pessoas com ideias semelhantes deveriam ser convidadas a filiar-se à confraria em sua busca.[7]

A revelação de que essa sociedade secreta estava para se tornar pública provocou uma enorme comoção em toda a Europa. As mudanças que ocorriam em todas as camadas da sociedade, na época, faziam com que muitas pessoas se identificassem com a mensagem rosacrucianista: a divulgação de uma sabedoria antiga reconstituída e que guiaria a população em direção a uma nova utopia. Cientistas famosos e grandes filósofos começaram a rastrear ou tentar entrar em contato com a Fraternidade Rosacruz, mas não tiveram sorte. A sensação era de que a Europa estava entrando numa nova era iluminada, guiada pela "verdade" dos ancestrais, que reconduziria todos ao "Éden, o paraíso que existia antes da Queda".[8]

Quem eram esses confrades anônimos que estavam comprometidos com a reconfiguração do mundo? Nem pesquisas minuciosas feitas na época permitiram que a identidade de qualquer membro confirmado da primitiva Sociedade Rosacruz fosse estabelecida; todos os indícios eram de que os documentos — bem como a posterior publicação da obra *The Chymical Wedding of Christian Rosenkreutz* (As bodas químicas de Christian Rosenkreutz) — não passavam de criação fictícia de um teólogo alemão chamado Johann Valentin Andreae. Portanto, jamais existira fraternidade alguma. Andreae fez grandes esforços ao longo da vida para corrigir o equívoco de que os manifestos da Fraternidade Rosacruz eram documentos físicos e literais.

Mesmo assim, o mito havia produzido uma realidade. Embora ficcional, o movimento forneceu um modelo do que seria necessário no mundo material. Um elemento importante da utopia profetizada pelos rosacrucianistas foi o conselho genérico de que os homens cultos e eruditos, vindos das mais diversas áreas de formação, deveriam trabalhar em conjunto visando ao bem de toda a humanidade. Curiosamente, foi exatamente isso o que aconteceu logo em seguida, na Inglaterra.

O colégio invisível

Na época de sua morte, Sir Francis Bacon estava trabalhando em seu próprio mito utópico, *A nova Atlântida*. Apesar de incompleto, ele foi publicado em 1627, um ano após sua morte e pouco mais de uma década após a divulgação dos documentos rosacrucianistas, na Alemanha. Em *A nova Atlântida* Bacon expunha seu sonho de uma sociedade perfeita, na qual a religião e a ciência convivessem de forma harmônica. A obra relata a história de navegadores que descobrem uma nova terra, onde encontram uma sociedade perfeita. Aí existe um grupo de sacerdotes-cientistas que estruturaram um colégio chamado Casa de Salomão, dedicado à busca do conhecimento iluminista e ao avanço da humanidade. Estava ali a ligação que se esperava com a antiga sabedoria. Bacon também afirmava que nesse lugar, a Nova Atlântida, também estavam algumas das obras perdidas do rei Salomão.

O fato curioso a respeito do livro *A nova Atlântida* é que, embora não haja em suas páginas nenhuma referência explícita à Fraternidade Rosacruz, fica perfeitamente claro que se trata de um documento rosacrucianista. A pesquisadora Frances Yates reuniu provas sólidas que comprovam isso, entre elas a de que um dos oficiais da Atlântida utópica usava um turbante branco "com uma pequena cruz vermelha no alto".[9] De fato, a Casa de Salomão parece muito similar à Fraternidade Rosacruz.

Frances Yates assinala que outro autor, chamado John Heydon, registrou essas semelhanças três décadas depois, em sua obra *Holy Guide* (O guia sagrado). Esse livro nada mais era do que uma adaptação de *A nova Atlântida*, com a diferença que, na versão de Heydon, a "Casa de Salomão" era substituída pelos "Sábios da Sociedade dos Rosacrucianistas".[10] Além disso, ele ampliou a citação das "obras perdidas de Salomão" referidas por Bacon e incluiu entre elas o lendário "Livro M", que teria sido encontrado no túmulo de Christian Rosenkreutz.

A pergunta óbvia que surge é: teriam sido os manifestos rosacrucianistas que inspiraram o livro *A nova Atlântida* ou esses já haviam sido escritos originalmente em resposta ao trabalho anterior de Bacon, profetizando, nesse caso, o surgimento da alegoria utópica do grande filósofo? Existe ainda uma terceira possibilidade, que exploraremos no próximo capítulo: a de que tanto Bacon quanto Andreae teriam sido influenciados por uma tradição mais antiga.

A publicação de *A nova Atlântida*, de Francis Bacon, combinada com o lançamento dos manifestos rosacrucianistas, levou a uma expectativa quase frenética de que uma grande mudança estava para acontecer no mundo. Os utopistas se reuniram na Inglaterra, onde Bacon nascera. O utopista Samuel Hartlib descreveu sua própria visão fictícia em *A Description of the Famous Kingdom of Macaria* (Uma descrição do famoso reino de Macária) e a enviou ao Parlamento inglês, confiante de que eles "lançariam a pedra fundamental de um mundo de felicidade". O grande erudito e professor Comenius manifestou o desejo de que os agentes de mudança começassem a se espalhar pelo mundo e, curiosamente, acrescentou sua ideia de que esses deveriam ser orientados por uma ordem...

> *(...) de tal maneira que cada um desses agentes saiba o que deve fazer, para quem, quando e com a ajuda de quais pessoas, e possa dar prosseguimento à sua missão, de forma a promover o bem público.*[11]

Entretanto, o sonho utópico teve de esperar quando a Inglaterra enfrentou uma guerra civil, em 1642, o que levou à abolição da monarquia e deu início ao protetorado de Oliver Cromwell. Ou, no mínimo, a face pública dos utopistas desapareceu, segundo se supunha. Nessa mesma época, porém, surgiram os primeiros registros de um "Colégio Invisível". Pioneiro em sua área, o químico escocês Robert Boyle, que desenvolveria mais tarde a famosa Lei de Boyle (segundo a qual o volume de um gás varia inversamente à pressão), menciona esta sociedade numa carta datada de fevereiro de 1647:

> *O melhor de tudo é que as pedras fundamentais do Colégio Invisível (como eles se autodenominam) ou Filosófico, de vez em quando me brindam com a honra que é sua companhia (...) São homens de mente muito capaz e com espíritos investigativos (...) pessoas que se empenham em eliminar a estreiteza da mente por meio da prática de uma benevolência tão ampla que atinge tudo que é humano, e assim nada menos que a boa vontade universal pode ser alcançada (...) É como se tomassem aos seus cuidados todo o conjunto da espécie humana.*

Supõe-se que o Colégio Invisível tenha sido o precursor de uma instituição científica ainda mais famosa, a Real Sociedade de Londres, da qual participaram muitas das mentes mais brilhantes dos últimos séculos (sendo um deles Sir Isaac Newton). Fundada em 1660, à época da restauração monárquica na Inglaterra, essa sociedade congregava tanto parlamentaristas quanto monarquistas, que se reuniam para buscar conhecimento. A estudiosa Frances Yates assinala que, a essa altura, os objetivos da organização pareciam ter se modificado, pelo menos externamente:

> *(...) a situação era delicada. Havia muitos assuntos que deviam ser evitados: esquemas utópicos para uma reforma ampla pertenciam ao passado revolucionário, que deveria ser esquecido (...) Na verdade, a caça às bruxas não ficara totalmente para trás.*[12]

A Real Sociedade de Londres é hoje considerada por muitos uma inspiração para a ciência moderna. Na verdade, alguns de seus membros eram racionalistas, seguindo os modelos definidos por Francis Bacon. Mas também havia alquimistas, hermetistas e cabalistas. Consta que o próprio Isaac Newton era um alquimista que não acreditava na doutrina católica, que prega a Santíssima Trindade. E funcionando sob a superfície da Real Sociedade ainda vivia outra sociedade secreta, que nos remete ao tema de *O símbolo perdido*: a francomaçonaria.

CAPÍTULO 2

SURGE A FRANCOMAÇONARIA

Agora que temos uma compreensão básica do contexto histórico do movimento rosacrucianista, estamos mais aptos a entender as origens da francomaçonaria, ou simplesmente maçonaria, que costuma ser descrita como "um sistema peculiar de moralidade envolto em alegorias e ilustrado por símbolos". Trata-se de uma sociedade secreta, com direito a palavras codificadas e apertos de mão secretos, que utiliza um sistema de alto nível de iniciação; é sustentada por um sistema hierárquico de membros que conhecem mais "mistérios profundos" e, a partir daí, ascendem na escala. O "sistema de moralidade" usa como metáfora o tema do pedreiro, agente que emprega matérias-primas e ferramentas simples para construir um templo esplendoroso. Lendas originárias da tradição judaica também são utilizadas.

Tais lendas contam sobre a construção do Templo de Salomão, um evento mencionado nos textos judaicos, no Antigo Testamento cristão e também em várias fontes islâmicas. Depois de suceder a seu pai, Davi, o rei Salomão decidiu construir um grande templo e solicitou ajuda do soberano de um reino vizinho, Tiro:

> *Bem sabes que Davi, meu pai, não conseguiu construir uma casa em nome do Senhor Seu Deus por estar cercado de guerras, até que Ele colocou os inimigos sob a sola de Seus pés. Mas agora o Senhor Meu Deus deu-me o descanso por todos os lados, de tal maneira que não há mais nem adversário ou mal algum acontecendo. E, vê, proponho-te construirmos uma casa em nome do Senhor Meu Deus...*[13]

No texto do Antigo Testamento encontramos dois elementos que se tornariam partes importantes da iconografia maçônica: as colunas de bronze chamadas Jaquim e Boaz (que em *O símbolo perdido* aparecem sob a forma de tatuagens nas pernas do personagem Mal'akh) e a designação de um arquiteto ou construtor chamado Hiram como "o filho da viúva":

> *O rei Salomão mandou chamar Hiram de Tiro; ele era filho de uma viúva da tribo Naftali, mas seu pai, um artífice bronzista de Tiro, visitou o rei Salomão e fez todo este trabalho para ele: moldou duas colunas de bronze (...) Ergueu a coluna da direita e lhe deu o nome de Jaquim; e ergueu a coluna da esquerda, lhe dando o nome de Boaz.*[14]

As lendas da maçonaria falam mais a respeito desse Hiram, comparado ao texto da Bíblia. Designando-o como "Hiram Abiff", a mitologia da fraternidade maçônica o vê como um mestre-arquiteto especializado em geometria e matemática. Hiram, em seu cargo de pedreiro-mor, orientava três níveis distintos de trabalhadores do templo: os aprendizes principiantes, os companheiros artesãos e os mestres-pedreiros, sendo utilizadas formas específicas de aperto de mão e palavras secretas para designar cada um dos níveis maçônicos.

Conta a lenda maçônica que quando o Templo de Salomão estava quase terminado, Hiram, certo dia, orava sozinho quando se viu diante de três "companheiros" que buscavam a "palavra do mestre". Ao se recusar a divulgar essa informação secreta, Hiram foi atacado pelos três. A lenda diz que cada um dos vilões infligiu uma ferida específica em Hiram, em três dos pontos cardeais do templo (norte, sul e oeste): ele foi atingido na cabeça por um martelo e nas têmporas por um prumo e por um nivelador. Hiram arrastou-se até o lado oriental do templo, mas não resistiu e caiu morto.

Os assassinos esconderam o corpo, enterrando-o sob os ramos de uma acácia. Somente sete dias depois é que o cadáver foi encontrado, sendo assim exumado e novamente enterrado, com as devidas cerimônias. No funeral, todos os mestres-pedreiros usavam luvas e aventais brancos, um gesto simbólico que mostrava que não estavam manchados pelo sangue do homem assassinado.

Embora seja difícil atribuir um significado mais profundo a essa lenda, é quase certo estarmos diante de uma "simulação" que esconde um segredo. Talvez uma alegoria que se refere a religiões ligadas à natureza, ou talvez uma referência codificada aos arcaicos assassinatos rituais, que às vezes eram cometidos para se consagrar um prédio novo no mundo antigo. Seja qual for o sentido, tal lenda e muitos dos símbolos que a acompanham (a acácia, o avental, os pontos cardeais no templo) têm profunda importância para o cerne da francomaçonaria.

Paralelamente, é interessante observar que no livro *O templo e a loja* os autores Michael Baigent e Richard Leigh aventam a possibilidade de que Salomão tenha construído seu templo em honra à deusa-mãe fenícia Astarte — a "Rainha do Céu".[15] São citadas evidências colhidas do Antigo Testamento, onde se diz explicitamente que Salomão se tornara seguidor de Astarte. Diz-se também que o famoso "Cântico de Salomão" (o Cântico dos Cânticos) é, na verdade, um hino a Astarte. Considerando o uso que Dan Brown fez do recorrente tema do "sagrado feminino" em *O código Da Vinci*, é uma pena ver que nada disso foi mencionado em *O símbolo perdido*.

A maçonaria moderna transformou-se em uma espécie de enigma. É considerada por alguns como o poder secreto por trás de governos em todo o mundo e vista por outros como um simples e ultrapassado "clube de velhos companheiros" que realizam rituais sobre os quais os próprios membros nada sabem. A fraternidade afirma que suas origens remontam ao Antigo Egito e ao Templo de Salomão. Porém, evidências históricas sugerem que ela é uma invenção (relativamente) moderna; engloba uma doutrina igualitária e se diz livre de preconceitos, mas mantém seus segredos, utiliza uma hierarquia interna e é restrita a membros do sexo masculino. Essas características contraditórias da francomaçonaria, ainda que talvez exageradas, são, muitas vezes, a principal fonte de críticas à "confraria".

A HISTÓRIA OFICIAL

A história oficial da francomaçonaria começa com a inauguração da Grande Loja de Londres, no dia 24 de junho de 1717 — essa data, certamente, não pode ser considerada o "início" da fraternidade maçônica propriamente dita. Essa Grande Loja funcionou como sede para muitas lojas individuais que já existiam na época, estabelecendo padrões definidos aos quais as outras lojas deveriam se submeter ou acatar. Até quando essas lojas puderam ser encontradas é uma questão ambígua: houve lojas de "maçons ativos" (pedreiros profissionais) por muitos séculos, mas ao longo do século XVII começamos a encontrar membros não profissionais que estavam envolvidos, e vemos também os primórdios da maçonaria teórica — a francomaçonaria moderna que conhecemos hoje em dia.

Documentos antigos referentes à fraternidade dos maçons ativos — conhecida como Os antigos deveres — incluem o *Manuscrito régio* (1390) e o *Manuscrito Cooke* (1425). Esses textos possuem alguns dos primeiros registros do mito maçônico, onde aparecem citadas as suas origens no Egito e na Grécia antigos — embora, nas palavras de um historiador, isso possa ser descartado, pois não passam de "exercícios com o intuito de impressionar e que falam sobre habilidades dúbias e apresentação de nomes com criativa cronologia".[16] Só em meados do século XV é que vemos lojas escocesas começando a admitir membros que não eram pedreiros profissionais; mas o que teria provocado essa mudança? Uma das teorias é a de que as lojas se tornaram uma espécie de "clubes" aos quais conhecidos não maçons eram convidados a se associar. Ao longo do tempo, o número de não profissionais aumentou, até que eles se tornaram maioria, e a maçonaria teórica começou a ter predomínio sobre as antigas discussões, puramente práticas.

Jay Kinney, em seu excelente *The Masonic Myth* (O mito maçônico), apresenta outra teoria que vale a pena ser considerada:

> *O historiador David Stevenson sugeriu que depois que William Schaw foi nomeado mestre de obras pelo rei James VI da Escócia, em 1583, ele teria reorganizado o sistema de lojas escocesas, de forma ordenada — incluindo a criação de minutas nas reuniões —, e introduzido alguns dos elementos do esoterismo renascentista à*

prática maçônica. As regras formais dessa maçonaria reorganizada, conhecidas como o primeiro e segundo estatutos de Schaw, incluíam a determinação de que os aprendizes principiantes e os companheiros artesãos deveriam ser testados na "arte da memória e também da ciência". Stevenson sugere que isso pode muito bem se referir à antiga "arte da memória", prática defendida por esotéricos renascentistas, como Giordano Bruno (...) Stevenson, então, credita a Schaw a promoção de uma francomaçonaria teórica dentro do próprio rito escocês.

Inicialmente, havia dois níveis de iniciação na maçonaria: o "aprendiz principiante" e o "companheiro artesão". Logo depois, um terceiro "grau" de iniciação foi acrescentado, o de "mestre-pedreiro". O questionamento intenso que acontece durante a cerimônia de iniciação do candidato passou a designar, em alguns idiomas, qualquer interrogatório no mesmo nível e gerou a expressão "receber o terceiro grau". Esses graus padrões são normalmente citados como a francomaçonaria "azul", e são baseados na lenda de Hiram, conforme mencionamos.

O movimento oficial logo se disseminou pela Europa, porque as classes cultas francesas demonstraram afinidade especial pela fraternidade. A primeira Grande Loja da França foi fundada em Paris em algum momento da década de 1730. Uma vez na França, a fraternidade começou a se desenvolver por meio do acréscimo de temas cavalheirescos e elementos místicos à mitologia maçônica. Desses desdobramentos surgiram várias novas espécies de maçonaria, incluindo o Rito Escocês, que se afirmava descendente de uma tradição que remontava aos Cavaleiros Templários.

O leitor pode estar curioso para saber por que a estrutura francesa da maçonaria ficou conhecida como Rito Escocês. Isso se deve em grande parte à influência de um imigrante escocês chamado Andrew Michael Ramsay, que afirmou num discurso de apresentação aos iniciados — denominado "oração" — que a maçonaria surgiu em meio às Cruzadas e à organização dos Cavaleiros Templários, e que essa tradição autêntica havia sido preservada pela maçonaria escocesa. Novos ritos e novos graus foram adicionados à iniciação básica da fraternidade, baseados numa história mística que remontava à construção do Templo de Salomão. Por exemplo, no Rito Escocês, os maçons podem buscar iniciação em graus progressivamente mais elevados, que vão do número 4 ao 32 (o último grau, o 33º, é uma honraria reservada apenas aos "valorosos"). Esses graus acrescentados, que ficam acima do terceiro grau, muitas vezes são citados como sendo da maçonaria "vermelha".

Outros tipos de maçonaria continuaram a ser criados à medida que a fraternidade se espalhava por toda a Europa, chegando à Alemanha, à Prússia, entre outros locais. A maçonaria alemã foi dominada durante algum tempo pela chamada "observância estrita", fundada em 1760, e que mais uma vez enfatizava a existência de uma tradição templária que existiria por trás da fraternidade. Modificações posteriores incluíram o "Rito de York" e o "Rito Escocês retificado", e algumas lojas começaram a incorporar também influências egípcias. Até a Grande Loja da Inglaterra foi desafiada pela "Grande Loja dos Antigos", formada em 1751 em reação às modificações nos rituais maçônicos e em outras tradições. As lojas maçônicas inglesas (e, por extensão, as norte-americanas) continuaram divididas entre os "modernos" e os "antigos" até 1813, quando essas duas divisões colocaram suas diferenças de lado e formaram a Grande Loja Unida da Inglaterra (muitas vezes citada como UGLE — United Grand Lodge of England, da sigla em inglês).

Uma sociedade secreta que não seguia a severa doutrina cristã estava fadada a despertar suspeitas da Igreja, que acreditava na possibilidade de existir uma conspiração para minar e desacreditar sua autoridade. E, de fato, o papa Clemente XII condenou a francomaçonaria em 1738, e o papa Bento XIV fez o mesmo em 1751. Embora essas reprovações papais não fossem muito respeitadas pelas autoridades locais, elas continuaram a disseminar as suspeitas a respeito da fraternidade, e as lojas não eram toleradas em muitas regiões. Todavia, apesar da constante publicidade negativa ao longo de sua história, hoje existem mais de 10 mil lojas maçônicas espalhadas pelo mundo. Só nos Estados Unidos, há um milhão e meio de maçons, um terço desses pertencentes também ao Rito Escocês. Além do mais, considerando a imagem positiva sobre a fraternidade que Dan Brown passou para os leitores e ajudou a construir no romance *O símbolo perdido*, pode-se imaginar que esses números aumentarão drasticamente a partir de agora.

A curiosa história da maçonaria

Quando Andrew Ramsay estabeleceu a ligação entre a maçonaria e os Cavaleiros Templários, certamente não era aceitável tal postura. Esse grupo de cavaleiros cruzados, que tinham o nome oficial de "Pobres Cavaleiros de Cristo e do Templo de Salomão", havia sido desfeito no início do século XIV, sob acusação de depravação e sacrilégio.

Em uma sexta-feira 13, do mês de outubro de 1307, o rei Felipe IV da França ordenou a captura de todos os Templários que se encontrassem em suas terras. A operação foi realizada sob um surpreendente véu de segredo, e as ordens lacradas foram abertas pelos soldados do rei pouco antes do ataque, impedindo assim que os Templários fossem informados da catástrofe que se abateria sobre eles. A "Inquisição" católica encarregou-se então de prosseguir do ponto onde Felipe havia parado, e por toda a Europa os Templários passaram por interrogatórios, foram presos e muitas vezes executados sob acusações bizarras. O papa dissolveu a ordem dos Templários em 1312, e em 1314 Jacques de Molay, o último grão-mestre dos Cavaleiros Templários, foi morto na fogueira.[17]

Sob intensos interrogatórios, os Cavaleiros Templários admitiam ter comportamentos estranhos, e começaram a circular boatos sobre a real natureza dessa ordem supostamente "sagrada". Entre as acusações feitas a eles estavam as de que cuspiam na cruz e pisoteavam-na, trocavam beijos obscenos durante as cerimônias de iniciação e adoravam um demônio chamado "Baphomet". Depois de tantos séculos, é difícil hoje saber de fato quais acusações teriam algum fundamento. Como assinalam Baigent, Leigh e Lincoln em *O Santo Graal e a linhagem sagrada*, tentar esclarecer isso examinando os registros da Inquisição seria o equivalente a querer estabelecer os fatos sobre as atividades da resistência francesa durante a Segunda Guerra Mundial consultando os registros da Gestapo.[18]

Mesmo assim, certas acusações parecem ter algum embasamento. Por exemplo, o culto a "Baphomet"aparece com regularidade demais para ser considerado coincidência. Dan Brown o mencionou em *O código Da Vinci*, referindo-se a Baphomet como "um deus pagão da fertilidade associado à força criativa da reprodução". Segundo o autor, os Templários cultuavam esse deus fazendo um círculo em torno de uma estátua em pedra representando uma cabeça com chifres, enquanto entoavam orações. Brown também faz com que os personagens do seu romance decodifiquem a palavra "Baphomet" por meio do código criptográfico Atbash, chegando a "Sofia", que significa "sabedoria" em grego.

Apesar da aparente engenhosidade de Robert Langdon e companhia, essa decodificação, na realidade, foi trazida a público pela primeira vez graças ao dr. Hugh Schonfield, em *A odisseia dos essênios.* Nesse livro, publicado em 1985, o autor analisa a seita dos rebeldes judaicos conhecidos como essênios, que dizem ter construído um assentamento junto ao mar Morto e redigido os hoje famosos pergaminhos lá encontrados. Os essênios utilizavam códigos em alguns de seus escritos, sendo que um deles era o Atbash. Esse código é resultado de uma troca direta entre dois alfabetos hebraicos, um escrito normalmente e o outro em sentido inverso (a primeira letra sendo a última, a segunda sendo a antepenúltima e assim por diante). Hugh Schonfield aplicou o Atbash ao que acreditava ser o "nome fictício Baphomet", e se surpreendeu ao constatar que ele revelava, na verdade, o nome da deusa da sabedoria. O que se conclui a partir de tais descobertas é que talvez os Templários tenham sido protetores dos segredos dos essênios, além de prestarem certa reverência a religiões misteriosas que cultuavam antigas deusas.

A possibilidade dessa fascinação dos Templários pelo "sagrado feminino" pode ser confirmada pela "oração" de Andrew Ramsay, mencionada acima, que foi criada em 1737 e associada à maçonaria e aos Cavaleiros Templários. Nela, ele afirma:

> *Sim, senhores, os famosos festivais de Ceres em Elêusis, de Ísis no Egito, de Minerva em Atenas, de Urânia entre os fenícios e de Diana na Cítia estavam ligados aos nossos. Nesses lugares, eram celebrados mistérios que ocultavam muitos vestígios da antiga religião de Noé e dos patriarcas.*[19]

Embora certamente seja uma agradável surpresa a revelação de que o Rito Escocês se identifica com as antigas escolas de mistérios das deusas sagradas, dada a exigência de que apenas pessoas do sexo masculino podem ser membros da francomaçonaria, é pertinente observar que Ramsay não tolerava nenhuma prática do gênero "Hieros Gamos". Na realidade, ele invoca deturpações desse tipo como motivo para a exclusão das mulheres da fraternidade:

> *A origem dessas infâmias foi a admissão, nas assembleias noturnas, de pessoas de ambos os sexos, contrariando os hábitos originais. A fim de prevenir absurdos semelhantes, as mulheres devem ser excluídas da nossa ordem. Não somos injustos a ponto de considerar o belo sexo incapaz de guardar segredos. Sua presença, porém, poderia corromper de forma insensível a pureza de nossos hábitos e preceitos.*[20]

A descoberta do código Atbash por Schonfield também estabelece um vínculo entre duas organizações separadas por mais de um milênio. Afinal, qual o segredo dos essênios que poderia estar guardado pelos Cavaleiros Templários? Na obra *A chave de Hiram* Chris Knight e Robert Lomas argumentam que certas ideias encontradas nos Manuscritos do Mar Morto são muito semelhantes às da francomaçonaria, e isso comprovaria a continuidade de uma tradição que vai dos essênios aos maçons, passando pelos Templários.

Curiosamente, um dos Manuscritos do Mar Morto, conhecido como *Manuscrito Copper*, menciona 24 tesouros supostamente enterrados sob o Templo.[21] Esses seriam preciosidades de todo tipo: barras de ouro, objetos sagrados e vários manuscritos. Além disso, os Cavaleiros Templários, ao passar pela Terra Santa em suas cruzadas, teriam acampado nas proximidades do Monte do Templo. Será que foram até lá em busca desse tesouro?

Certamente isso seria possível. No livro *Digging Up Jerusalem* (Escavando Jerusalém), de autoria da prestigiada arqueóloga Kathleen Kenyon, somos informados de que um grupo de soldados da engenharia do Exército britânico realizou buscas e escavações no Monte do Templo em fins do século XIX.[22] De acordo com o depoimento de Robert Brydon, o arquivista dos Templários na Escócia, o contingente do Exército britânico descobriu túneis nos quais foram encontrados parte de uma espada dos Templários, os restos de uma lança e uma cruz típica de tais cavaleiros. Nenhum tesouro foi encontrado. Será que os Templários o acharam primeiro? Especialistas modernos discutem essa afirmação, mas trivialidades como essa não incomodam Dan Brown.

Em *O código Da Vinci* Dan Brown parte do pressuposto de que eles realmente encontraram alguma coisa, e escreveu sua história com base nessa suposição. Em suas palavras, "quatro baús de documentos" teriam sido encontrados sob o local em que ficava o Templo de Salomão, "documentos que têm sido fonte para inúmeras buscas pelo Graal ao longo da história" — entre esses textos estaria um texto escrito por Jesus, além do "diário" no qual Maria Madalena registrava seu relacionamento pessoal com o filho de Deus. São os chamados documentos "Sangreal", que representam uma parte do Santo Graal, juntamente com o corpo de Maria Madalena.

No livro *The Second Messiah* (O segundo Messias), Chris Knight e Robert Lomas fornecem uma explicação alternativa para o fato de os norte-americanos chamarem o seu país, os Estados Unidos, simplesmente de América. Essa história envolve os essênios, os Cavaleiros Templários e os maçons:

Josefo registra que os essênios (e, por conseguinte, a Igreja de Jerusalém) acreditavam que as almas boas viviam além do oceano, a oeste, numa região que não era castigada por tempestades de chuva ou de neve, nem por calor intenso, e era refrescada por brisas suaves.

Essa também era a descrição dada pelos mandeus, um povo que viveu no sul do Iraque desde que deixou Jerusalém, pouco depois da crucificação de Jesus, para escapar dos expurgos promovidos por Paulo. Esses judeus deixaram Jerusalém no primeiro século da era cristã e, segundo sua tradição histórica, João Batista foi o primeiro líder dos nazarenos, sendo Jesus um líder posterior que teria traído os segredos especiais a ele confiados. Os mandeus até hoje promovem batismos no rio, usam apertos de mãos específicos e praticam rituais que seriam semelhantes aos da maçonaria. Para eles, essa terra maravilhosa que ficava do outro lado do mar abrigaria exclusivamente os espíritos mais puros, tão perfeitos que não poderiam ser vistos por olhos mortais. Essa terra maravilhosa seria assinalada por uma estrela chamada Merica, que pode ser vista no céu acima dela.

Com base nos manuscritos descobertos pelos Templários, acreditamos que essa estrela e a mítica terra que sob ela se encontrava já eram conhecidas por eles, e que eles navegaram em busca de "La Merica", ou América, como a conhecemos hoje, imediatamente após o banimento de sua ordem.

Dan Brown já declarou que *O código Da Vinci* foi parcialmente inspirado nos livros de Chris Knight e Robert Lomas. Sendo assim, é uma surpresa que ele não tenha aproveitado essa interessantíssima "história oculta" em um livro como *O símbolo perdido*, que aborda tanto a história secreta dos Estados Unidos quanto a da maçonaria.

Em *O Santo Graal e a linhagem sagrada* os essênios são apresentados como integrantes de uma seita judaica com orientação mística, apresentando influências gregas e egípcias. Assim como os membros da Fraternidade Rosacruz, eles também se interessavam por atos de cura e por estudos esotéricos, como a astrologia e a cabala. Os adeptos dessa comunidade religiosa reclusa também eram, segundo a tradição, seguidores dos ensinamentos de Pitágoras, com uma substancial devoção à numerologia.[23]

Voltando aos Templários. Além do código Atbash, também parece haver indicações de que eles lidavam com alquimia, misticismo e cabala, exatamente como os essênios. Curiosamente, pelo menos no que diz respeito à nossa investigação, eles também podem ter cultivado o ideal da possibilidade de união de todas as religiões e nações. À luz desses fatos, ficamos com a impressão de que os Templários estavam integrados à tradição rosacrucianista. O fato de os Templários terem como insígnia uma cruz vermelha pode indicar que os autores dos tratados rosacrucianistas tentavam ligar sua fraternidade diretamente aos Cavaleiros do Templo de Salomão. Especialmente quando lembramos que Sir Francis Bacon retratava seus sacerdotes da Casa de Salomão usando uma cruz vermelha no turbante.

A partir da menção que Dan Brown faz a Pitágoras em *O símbolo perdido* (com relação à veneração ao número 33), podemos agora analisar como essa "tradição secreta" de preservar os Antigos Mistérios se transforma no mito do mundo ficcional de Dan Brown: de Pitágoras para os essênios, dos essênios para os Cavaleiros Templários, dos Cavaleiros Templários para os rosacrucianistas, dos rosacrucianistas para os maçons. Entretanto, como explicar os três séculos transcorridos entre a proibição imposta aos Templários e o surgimento dos manifestos rosacrucianistas?

Os Templários sobrevivem

Apesar do grande mistério de que foi cercada a repressão à ordem dos Cavaleiros Templários, determinada pelo rei Felipe, tudo indica que eles — pelo menos até certo ponto — desconfiavam do que estava para acontecer. Jacques de Molay teria mandado recolher muitos dos documentos da ordem pouco antes do início das capturas, e mandou queimar tudo. Um jovem cavaleiro, que por essa época se afastou da ordem, ouviu o comentário de que ele tomara uma sábia decisão, pois uma catástrofe estava para acontecer.[24]

Em *O Santo Graal e a linhagem sagrada* os autores afirmam que determinado grupo de cavaleiros — todos ligados ao tesoureiro da organização — desapareceu antes da "surpresa de outubro", levando com ele os documentos restantes e o tesouro do Templo. Segundo boatos, eles teriam embarcado numa frota de 18 navios em La Rochelle e nunca mais foram vistos.

Michael Baigent e Richard Leigh, autores da obra citada anteriormente, tentam seguir a trilha desses cavaleiros desaparecidos em outro livro deles sobre a maçonaria, *O templo e a loja.* Nessa obra eles afirmam que tais cavaleiros poderiam ter fugido para a Escócia, combatendo ao lado de Robert Bruce contra a Inglaterra. Eles não foram os primeiros a chegar a essa conclusão, pois os historiadores dos Templários no século XIX já o haviam feito:

> *Os Templários (...) possivelmente terão encontrado refúgio no pequeno Exército do excomungado rei Robert, cujo receio de ofender o monarca francês certamente desapareceria diante do desejo de recrutar combatentes bem-preparados.*[25]

O rito maçônico da Estrita Observância, fundado pelo barão Karl von Hund no fim do século XVIII, também sustenta que os Templários fugiram para a Escócia, embora modernos historiadores especializados na história deles e dos maçons não concordem com tais teorias. Por exemplo, Robert Cooper afirma que tais "histórias" eram, na verdade, invenções de vários ramos da francomaçonaria com a finalidade de dar mais sentido aos seus rituais e símbolos, e, o mais importante, que "tudo isso foi inventado para propósitos alegóricos, e nada do que foi divulgado era para ser levado ao pé da letra".

Em todo caso, Baigent e Leigh — cujas obras foram tão influentes na trama de *O código Da Vinci* que eles chegaram a processar Dan Brown por plágio — desenvolvem uma linha de raciocínio segundo a qual a tradição templária se metamorfoseou nos princípios da maçonaria. Como parte de seu argumento, eles citam a maravilha arquitetônica que é a Capela Rosslyn, construída entre 1440 e 1480. Importante cenário do romance *O código Da Vinci*, essa pequena capela está cheia de símbolos pagãos e esotéricos entalhados em todos os espaços e paredes, inclusive no teto. Curiosamente, há também certos temas que remetem à maçonaria. Por exemplo, uma das três cabeças esculpidas no teto exibe uma ferida claramente visível e é identificada como sendo o "filho da viúva", tradicional identificação maçônica dada, pela primeira vez, ao mestre-pedreiro Hiram. As duas colunas belamente entalhadas no interior da capela são outro eco do simbolismo maçônico, as colunas gêmeas de Jaquim e Boaz. Além disso, de acordo com

O segundo Messias — continuação de *A chave de Hiram*, de Lomas e Knight —, a capela foi efetivamente construída para ser uma réplica do Templo de Jerusalém.

Em *O segundo Messias* Knight e Lomas também depararam com outra descoberta aparentemente assombrosa. Após uma detalhada inspeção dos entalhes da Capela Rosslyn eles encontraram algo que ilustrava perfeitamente um determinado estágio do rito de iniciação de um candidato à francomaçonaria;[26] uma revelação estarrecedora, já que isso indica a existência de um rito maçônico cerca de dois séculos antes do primeiro registro de iniciação. Mais surpreendente ainda é o fato de que a pessoa submetida ao rito trazia uma cruz na parte da frente da túnica — um Templário, portanto. Ligando a maçonaria aos Templários e aos essênios, Knight e Lomas consideram que a Capela Rosslyn foi construída na verdade para abrigar os manuscritos essênios, os quais eles acreditam terem sido encontrados pelos Templários em Jerusalém:

> *Começávamos a dar de cara com o óbvio, e ficamos arrepiados. Rosslyn não era uma simples capela; era um santuário pós-templário construído para abrigar os manuscritos encontrados por Hugues de Payen e sua equipe sob o Santo dos Santos do último Templo de Jerusalém! Sob nossos pés estava o mais valioso dos tesouros da cristandade.*[27]

Eles acreditam que William St. Clair, construtor da Capela Rosslyn, escondeu o tesouro e deixou instruções codificadas no grau Sagrado Real Arco da maçonaria. Referindo-se aos possíveis contornos de um Selo de Salomão no térreo da capela (mencionado por Dan Brown em *O código Da Vinci*), os autores chamam a atenção para esta definição maçônica do hexagrama:

A joia do companheiro do Real Arco é um duplo triângulo, às vezes chamado de Selo de Salomão, no interior de um círculo dourado; na base, encontra-se um pergaminho com as palavras "Nil nisi clavis deest" — "Falta apenas a chave".[28]

Ainda não é sabido se Knight e Lomas estão certos. Historiadores maçônicos da importância de Robert Cooper e Jay Kinney são contrários a várias das alegações feitas por aqueles (segundo afirmam nas obras *The Rosslyn Hoax?* [O embuste de Rosslyn?] e *The Masonic Myth* [O mito maçônico], respectivamente). Entretanto, Dan Brown certamente soube trabalhar a ideia dessa história em benefício próprio, em *O código Da Vinci*: indicou que o "Santo Graal" estava escondido e protegido pelo Selo de Salomão no piso da Capela Rosslyn. Dan Brown chega a mencionar inclusive o grau do Real Arco no livro citado, em um trecho onde Langdon explica o uso da *la clef de voûte* (a chave do cofre). O autor recorre diretamente à pesquisa de Knight e Lomas ao descrever essa "chave" como a pedra cunhada que fica no alto do arco que une as peças, suporta todo o peso da estrutura e talvez dê acesso a uma câmara secreta...

Baigent e Leigh argumentam que a Capela Rosslyn é uma evidência de que a tradição dos Templários veio a se abrigar no "refúgio seguro" da Escócia depois da perseguição por parte do rei Felipe IV na França, por meio de uma transferência para as iniciações secretas da maçonaria. É interessante citar outra indicação de que a confraria já existia na época da construção da Capela Rosslyn. Por exemplo, o livro *A revelação dos templários,* de Lynn Picknett e Clive Prince, menciona um tratado alquímico datado dos anos 1450 — a mesma época em que a Capela Rosslyn estava sendo construída — e que usa explicitamente o termo "francomaçom".[29] Baigent e Leigh também fazem alusão a um manuscrito de 1410 a respeito de uma corporação de pedreiros, que menciona o "filho do rei de Tiro" e o vincula a uma antiga ciência anterior ao Dilúvio, que foi preservada nos ensinamentos de Pitágoras e Hermes.[30]

Segundo *O templo e a loja*, a fraternidade chegou à Inglaterra oficialmente em 1603, quando o rei escocês Jaime VI foi coroado rei da Inglaterra e os escoceses aristocratas — guardiães da maçonaria — foram transferidos para o sul com seu mestre. Novamente, é válido atentarmos para a cronologia, sendo esse precisamente o momento em que tanto Francis Bacon quanto os manifestos rosacrucianistas começaram a ganhar importância.

Dos rosacrucianistas aos francomaçons

Que semelhanças podem haver entre a filosofia rosacrucianista e a francomaçonaria? Em primeiro lugar, exatamente como o sonho utópico dos rosacrucianistas — e também como aparece na temática central em *O símbolo perdido*, a fraternidade prega a doutrina de que todos os homens são irmãos, devendo se unir na devoção religiosa a um ser superior que é designado simplesmente como o "Grande Arquiteto do Universo". Numa das principais obras da maçonaria, o *Livro das constituições*, isso é enunciado da seguinte maneira:

> *O maçom é obrigado, por sua condição, a obedecer à Lei Moral; e se compreender corretamente a arte, ele nunca será um ateu tolo nem um libertino sem religião (...) Hoje em dia é mais aconselhável obedecer (...) à religião adotada por todos os homens, deixando para cada um suas opiniões particulares; ou seja, ser um homem*

> *bom e verdadeiro, ou homens de honra e honestidade, sejam quais forem as denominações ou crenças com as quais se identifiquem.*[31]

Entre as regras da loja maçônica está a restrição aos debates de caráter religioso e político, visando contribuir para que o objetivo anteriormente citado seja alcançado — e talvez como uma forma de esclarecer o espírito das autoridades religiosas e seculares. Apesar de assumidamente evitar questões políticas, a francomaçonaria constantemente desempenhou um papel em revoluções e intervenções democráticas ao longo dos séculos na França, no México, na Itália, além de, como veremos, nos Estados Unidos. Isso certamente pode ter relação com o desejo utópico originalmente professado pela tradição rosacrucianista.

Como indício mais concreto do que foi dito, um despretensioso poema publicado em Edimburgo, em 1638, serve de ligação direta entre as duas organizações. Cabe lembrar que apenas duas décadas haviam se passado desde o aparecimento dos tratados rosacrucianistas, e faltavam apenas 80 anos para a inauguração oficial da Grande Loja em Londres. Escrito por Henry Adamson, de Perth, o poema diz:

> *A visão que tivemos não está equivocada,*
> *Pois somos todos irmãos da Cruz Rosada:*
> *Temos a palavra maçom e a segunda visão,*
> *E coisas que virão podemos ver por antecipação...*[32]

Alguns pesquisadores acreditam que provas de uma forma precoce de francomaçonaria podem ser encontradas em obras de artistas como Albrecht Dürer, um fato que Dan Brown soube aproveitar muito bem em *O símbolo perdido*. Símbolos maçônicos como o compasso e o crânio "memento mori"* podem ser vistos com destaque em algumas de suas obras. Na *Enciclopédia da francomaçonaria*, Albert Mackey, uma autoridade da área, diz que na gravura *Melancolia I*, de Dürer, datada de 1514, notamos "uma exposição de francomaçonaria medieval que sugere que (o artista) estava familiarizado com a fraternidade de sua época". Essa é a mesma gravura que apresenta ao leitor o "quadrado mágico" que Dan Brown utilizou de forma tão eficiente na trama de *O símbolo perdido* (tema ao qual retornaremos mais adiante).

Em 1824, foi publicado no *London Magazine* um artigo intitulado "Investigação histórico-crítica sobre as origens dos rosacrucianistas e dos maçons". O autor, Thomas de Quincey, deixa clara sua convicção de que "não é possível demonstrar, com base em registros históricos, que tenha sido fundado um colégio ou uma loja de irmãos rosacrucianistas". Entretanto, ele acredita que a influência dos manifestos referentes ao movimento tenha inspirado a criação de sociedades secretas como a francomaçonaria:

> *Os francomaçons originais eram uma sociedade derivada da Fraternidade Rosacruz, que estava na moda, e certamente surgiram entre 1633 e 1646 ou, mais especificamente, entre 1633 e 1640.*[33]

Tanto De Quincey quanto Adamson determinam um período de tempo que já citamos no início deste capítulo — uma década após a publicação de *A nova Atlântida*, de Sir

---

* "Memento mori" é uma expressão em latim que significa "Lembra-te de que vais morrer", e o crânio que a simboliza é usado há séculos em obras de arte, para evocar a mortalidade do ser humano. (*N. do T.*)

Francis Bacon, quando os utopistas mandavam petições ao Parlamento inglês. Se examinarmos mais atentamente, talvez seja possível encontrar indícios de que homens como Samuel Hartlib já estavam envolvidos com a maçonaria. Em 1640, ele manifestou o desejo de que o Parlamento lançasse "a *pedra fundamental* da felicidade do mundo" — um termo explicitamente maçônico, a propósito. A ideia de uma pedra fundamental que represente o início de uma nova construção constitui um forte símbolo da maçonaria, e a metáfora escolhida por Hartlib pode servir como indicação de uma filiação secreta. Poderíamos, assim, nos perguntar também sobre a filiação de Robert Boyle, pois em 1647 ele afirma, em uma carta, que "as *pedras fundamentais* do Colégio (...) Invisível de vez em quando me brindam com a honra de sua companhia".

Neste caso, ele não seria o único membro do "Colégio Invisível" a ser um francomaçom assumido. Em *O iluminismo rosacrucianista* a pesquisadora Frances Yates assinala que duas das mais antigas iniciações na maçonaria de que se tem notícia também ocorreram nos anos 1640. Uma delas foi a de Robert Moray, uma das grandes influências por trás da criação da Real Sociedade de Londres, em 1660, e que teve sua iniciação na loja de Edimburgo, em maio de 1641. Cinco anos depois registra-se que o alquimista e antiquário Elias Ashmole, outro membro fundador da Real Sociedade, se tornou maçom na loja de Lancashire.[34]

O nome da loja onde Ashmole foi iniciado é revelador: a "Casa de Salomão".[35] Encontramos aqui uma forte evidência de que os francomaçons da época eram fortemente influenciados pela mitologia utópica de Sir Francis Bacon, *A nova Atlântida*, lembrando que os sacerdotes da Casa de Salomão na ilha utópica apresentada no livro eram o equivalente aos rosacrucianistas. E a sociedade secreta de Bacon também poderia ter sido diretamente ligada à tradição dos Templários.

Outro membro da Real Sociedade era, possivelmente, um adepto por excelência da Fraternidade Rosacruz: Sir Isaac Newton. Como é abordado em várias passagens de *O símbolo perdido*, ele não apenas descobriu algumas das leis fundamentais da natureza — por meio de investigação científica e racional — como também era fascinado pelos aspectos espirituais da vida. Nas palavras do historiador maçônico Steven Bullock, Newton "bebeu profundamente na fonte dos mistérios da alquimia e da profecia bíblica, ao mesmo tempo em que forjava muitos dos conceitos que serviriam de base, mais tarde, à ciência mecânica". Para ele e seus companheiros do século XVII o objetivo principal era recuperar a sabedoria do mundo antigo a fim de instituir uma nova Era de Ouro sobre a Terra.

Embora a "experiência inglesa" tenha se dissolvido com o surgimento da Guerra Civil, o ideal utópico de uma fraternidade fortemente unida na busca da iluminação dos Antigos Mistérios continuou por meio da Real Sociedade de Londres e, em última análise, da própria maçonaria. Um século depois, do outro lado do planeta, um grupo de francomaçons pode ter dado início a um segundo experimento que modificaria o mundo...

CAPÍTULO 3

AS FUNDAÇÕES MAÇÔNICAS DOS ESTADOS UNIDOS DA AMÉRICA

Em 1897, um oficial do Exército norte-americano chamado Charles Totten escreveu que "existem muitos mistérios associados ao nascimento desta República".[36] Ele vinha investigando a estranha iconografia do Grande Selo dos Estados Unidos e sua pesquisa o convenceu de que o nascimento da nação norte-americana poderia ter relação com a visão apresentada no livro *A nova Atlântida*, de Sir Francis Bacon, achando que isso teria ajudado a fornecer apoio financeiro para a primeira colônia, na Virgínia. Essas observações de Totten, curiosamente, são uma atenuação do que realmente ocorreu.

No dia 18 de setembro de 1793 o presidente George Washington participou de uma cerimônia maçônica que representava oficialmente o início da construção do Capitólio, em Washington, D.C. Usando suas próprias vestes maçônicas, o primeiro presidente dos Estados Unidos encaminhou-se para o local acompanhado de vários membros de algumas lojas maçônicas locais, em seguida descendo até onde, na fossa aberta no fundo do terreno, estava a pedra fundamental do prédio. Ao chegar ali, Washington colocou um prato prateado sobre a pedra, logo fazendo as costumeiras "oferendas" maçônicas do milho, do vinho e do óleo. As ferramentas maçônicas utilizadas pelo presidente nesse dia histórico ainda hoje podem ser vistas em uma das lojas do distrito de Colúmbia.[37]

Atualmente parece estranho que um dia tão importante na história dos Estados Unidos da América seja abertamente marcado por uma temática maçônica. Que tipo de importância a maçonaria teve para a fundação dos Estados Unidos? Como veremos em seguida, ela foi um fator altamente significativo.

Além de tudo isso, em *O símbolo perdido* Dan Brown faz o personagem Peter Solomon comentar que muitos dos pais fundadores também eram deístas e utópicos em sua filosofia:

> *— Não me entendam mal: nossos pais fundadores eram profundamente religiosos, mas deístas, ou seja, acreditavam em Deus de forma universal e libertária. O único ideal* religioso *que pregavam era a* liberdade *religiosa. — Ele retirou o microfone do suporte e avançou até a beira do palanque. — Os pais fundadores dos Estados Unidos tinham a visão de uma sociedade utópica espiritualmente iluminada, na qual a liberdade de pensamento, a educação das massas e o avanço científico pudessem substituir as trevas de uma superstição religiosa ultrapassada.*

Em *O símbolo perdido* Dan Brown cita o relacionamento que existia entre a francomaçonaria, o deísmo e o pensamento utópico, e de que forma isso influenciou os pais fundadores. Curiosamente, no entanto, ele não entra em muitos detalhes a respeito disso. Nos capítulos anteriores já percebemos como as tradições rosacrucianistas explicam as ligações entre essas filosofias semelhantes, mas neste capítulo discutiremos seu impacto sobre os pais fundadores dos Estados Unidos.

A BUSCA PELA UTOPIA

A ideia de que os Estados Unidos podem ter sido fundados para ser uma "República maçônica" não é uma novidade. Já vimos que Charles Totten considerou essa possibilidade em 1897. O escritor esotérico Manly P. Hall também sustenta em seu livro *The Secret Destiny of America* (O destino secreto dos Estados Unidos) que o próprio Sir Francis Bacon acreditava que o sonho utópico poderia ser realizado na América do Norte,[38] e o mesmo acontece com Jim Marrs na obra *O governo secreto.* Tanto Hall como Marrs são autores com os quais Dan Brown tem familiaridade.

Em seu livro *Talisman* (Talismã) os autores Robert Bauval e Graham Hancock apontam pesquisas do historiador Ron Heisler que sugerem outra ligação entre as visões utópicas vigentes na Europa e a nova colônia britânica na América. Heisler descobriu que o ocultista alemão Michael Maier — também um rosacrucianista convicto — mantinha estreito contato com indivíduos ligados à Companhia da Virgínia. Esse grupo de homens ricos havia recebido uma carta em mãos do rei Jaime I, em 1606, que basicamente lhes conferia poder ilimitado para governar a colônia. Essa carta fora redigida por ninguém menos que... Francis Bacon. Heisler acredita que o panfleto sobre alquimia denominado *Atalanta Fugiens,* redigido por Maier, "pode ter sido profundamente inspirado pela visão utópica da América".

O especialista norte-americano Donald R. Dickson estabelece outra ligação entre os sonhadores utópicos e a colonização da Virgínia, em seu livro *The Tessera of Antilia* (A téssera de Antilia). As pesquisas feitas por Dickson revelaram a existência de uma sociedade utópica conhecida como "Antilia", que contava com o divulgador rosacrucianista Valentin

Andreae entre seus membros. Inspirada tanto nos tratados rosacrucianistas quanto nos textos de Sir Francis Bacon, essa fraternidade chegou a avaliar, em determinado momento, a possibilidade de emigrar *en masse* para a Virgínia, a fim de fundar sua própria sociedade utópica.

É claro, portanto, que certos pensadores utópicos da Europa viam a colônia da Virgínia como o lugar ideal para um "novo começo". No livro *O templo e a loja* Michel Baigent e Richard Leigh — os escritores de cujos nomes foi tirado o anagrama que forma o nome do personagem Leigh Teabing, em *O código Da Vinci* — também mencionam que, de acordo com algumas tradições, uma forma de francomaçonaria aportou no Novo Mundo duas décadas antes de *A nova Atlântida* ser publicada, e seus seguidores trabalharam ativamente para promover a sociedade utópica sonhada pelos pensadores rosacrucianistas.[39]

A RELIGIÃO ILUMINADA DO ARQUITETO SUPREMO

Na virada do século XVII uma revolução no pensamento estava em andamento. Assim como o pensamento dos rosacrucianistas levou à criação da Real Sociedade de Londres, mais e mais pensadores de toda a Europa passaram a adotar a filosofia de Sir Francis Bacon de basear o conhecimento na observação e na experiência. Isaac Newton permaneceu na vanguarda dessa nova onda e, nesse processo, descobriu algumas das leis fundamentais da natureza. Filósofos como John Locke escreveram tratados argumentando que os pensamentos científico e racional, em vez de a fé nos dogmas religiosos, deveriam ser usados para determinar a crença em um Deus.

A partir dessa explosão de racionalidade a escola de pensamento religioso conhecida como deísmo foi criada. O cerne da filosofia deísta é que *existe* um Deus — ou, mais especificamente, um "Arquiteto Supremo" — que criou a Terra e a vida humana, mas afirma que logo em seguida o Criador se recolheu de tal atividade para deixar que ela se desenvolvesse sem interferência, do mesmo modo que um relojoeiro construiria e colocaria em funcionamento um relógio para, depois, nunca mais tocá-lo. Sendo assim, os deístas geralmente não acreditam em nenhum dos milagres ou eventos sobrenaturais contados e recontados na Bíblia. Em vez disso, enxergam Deus unicamente na harmonia precisa da natureza e em suas leis. Nas palavras de Thomas Paine: "A palavra de Deus é a criação que contemplamos."

Na França, os textos desses *filósofos* desafiavam as ideias tradicionais de religião e de governo, o que causou uma impressão profunda nas mentes jovens dos Estados Unidos durante o século XVIII, tais como Benjamin Franklin, Thomas Jefferson e George Washington. Pensadores de destaque como Voltaire e Diderot desvisceraram as religiões organizadas não só por suas crenças irracionais, mas também por elas incentivarem as divisões sectárias e a intolerância entre grupos opostos. Do mesmo modo, esses autores desafiaram a tirania das monarquias e dos governos contemporâneos, inflamando sentimentos revolucionários tanto na Europa quanto nas Américas. Dificilmente há declaração mais sucinta para definir o espírito dessa postura do que as palavras de Diderot: "Vamos estrangular o último rei com as tripas do último padre!"

Não é de surpreender que grande parte dos pensadores do século XVIII tenha se identificado com a francomaçonaria, o utopismo e o deísmo. Na primeira, porém, temos ainda uma linha adicional de pensamento: a fascinação pelo mundo antigo e a ideia de que existia um "conhecimento mais puro" naqueles tempos, que ficou perdido. Esta era uma continuação da "tradição de clandestinidade", que reverenciava a sabedoria dos antigos e que havia ressurgido, primeiramente, durante a renovação dos ideais ocultistas do início da Renascença e na subsequente Iluminação rosacrucianista.

De qualquer modo, o primeiro francomaçom documentado a se estabelecer nos Estados Unidos foi um escocês chamado John Skene. Tendo sido iniciado em uma loja de Aberdeen antes de 1617, ele se estabeleceu no Novo Mundo em 1682, tornando-se governador suplente de Nova Jersey. Porém, não há registros de uma loja nos Estados Unidos antes da formação da Grande Loja de Londres, em 1717. O interessante, entretanto, é que a primeira referência documentada à francomaçonaria nos Estados Unidos apareceu em um artigo publicado em 1730 no *The Pennsylvania Gazette*, um jornal que pertencia a Benjamin Franklin.

Benjamin Franklin

Poucos indivíduos poderiam afirmar possuir tantos talentos especiais quanto o dr. Benjamin Franklin. Jornalista e escritor, ele foi responsável pela publicação de um jornal próprio, para o qual também colaborava, durante a primeira metade do século XVIII. Era o *The Pennsylvania Gazette*. Com um grupo de indivíduos com ideias afins, fundou também a primeira biblioteca da Pensilvânia, em 1732, e se dedicou desde então a espalhar conhecimento e aprendizado.

Franklin também é muito conhecido por seus trabalhos científicos e por suas invenções, sendo que uma de suas experiências ficou famosa, tornando-se parte do folclore popular norte-americano: ele empinou uma pipa em plena tempestade, a fim de demonstrar que o relâmpago era uma forma de eletricidade. Para complementar sua reputação como um dos grandes cientistas do século XVIII, também foi o inventor de dois instrumentos de uso comum ainda hoje: o para-raios e os óculos bifocais. Desse modo, ele se mantém firme na tradição de Isaac Newton e de outros membros da Real Sociedade de Londres, e suas descobertas tiveram um importante impacto sobre a religião ao longo do tempo.

Em seu livro *A History of the Warfare of Science with Theology* (A história da guerra entre a ciência e a teologia) Andrew Dickson White afirma que a pesquisa de Franklin sobre os relâmpagos foi um "golpe mortal" nas teorias religiosas que abordam a influência de Deus sobre o clima; "a partir do momento que eles conseguiram captar uma centelha de eletricidade de uma nuvem, toda a imensa fábrica de meteorologia teológica mantida pelos padres, papas e especialistas medievais, bem como por uma longa linhagem de grandes teólogos, católicos e protestantes, entrou em colapso":

> *A Igreja do passado, apesar de continuar agarrada às velhas ideias, foi finalmente obrigada a reconhecer a supremacia da teoria de Franklin na prática; afinal, seu para-raios conseguiu tudo que os exorcismos, a água benta, as procissões, o Agnus Dei, o badalar dos sinos, a tortura e a morte das bruxas nas fogueiras não tinham conseguido mais. Isso foi constatado com clareza até pelos camponeses pobres no leste da França, quando eles perceberam que o imenso pináculo espiralado da Catedral de Strasburgo tinha sido protegido de uma vez por todas pelo para-raios de Franklin; nem a santidade do lugar, nem os sinos da torre, nem a água benta, nem as relíquias que guardava tinham conseguido salvá-lo dos danos frequentes causados pelas tempestades.*

Benjamin Franklin também era diplomata e um político que desempenhou um papel de profunda importância para a fundação dos Estados Unidos. Seu envolvimento nas discussões entre a Inglaterra e as colônias, relativas a vários assuntos, começou nos anos 1750, e em 1754 ele já sugeria a criação de uma união das colônias. Em 1765, quando o Parlamento britânico promulgou a abominável Lei do Selo (um imposto a ser cobrado sobre uma série de documentos nas colônias americanas, que serviu de gatilho para o movimento separatista que levou à Revolução Americana), Franklin se opôs veementemente a ela. Em 1775, foi eleito membro do Congresso Continental e desempenhou um papel-chave na Declaração de Independência, apesar da sua preferência pessoal pela preservação dos vínculos com o Império Britânico.

Franklin foi indicado como representante diplomático da nova nação na França em 1776, e cumpriu seu papel muito bem. Foi fundamental sua atuação no estabelecimento de uma aliança militar com a França, e ele negociou a paz com a Grã-Bretanha através do Tratado de Paris, em 1783. Ele é o único pai fundador signatário dos três documentos fundadores dos Estados Unidos: a Declaração de Independência, o Tratado de Paris e a Constituição Norte-americana.

Benjamin Franklin também era maçom e deísta, embora deva ser dito que seu deísmo era do tipo "moderado". Por exemplo, ele escreveu nos anos 1730 que Deus "às vezes interfere no mundo através de Sua singular providência", posição contrária à dos deístas fundamentalistas, segundo os quais Deus teria se retirado de cena logo após a criação do mundo, nunca mais interferindo nele. Mesmo assim, Franklin costumava apontar algumas das hipocrisias e dos pensamentos falsos que regiam a visão religiosa ortodoxa. "O pecado não é prejudicial por ser proibido", escreveu ele em 1739, "mas é proibido por ser prejudicial." De forma similar, desmembrava elegantemente a religiosidade de muitas pessoas ao dizer que "servir a Deus é fazer o bem aos homens, mas como a oração é um serviço mais fácil, ela é, portanto, a escolhida pela maioria das pessoas".[40]

Considerando-se a máxima anterior, não é de surpreender que Franklin tenha se sentido atraído pela fraternidade, pois ela compartilhava de sua dedicação ao companheirismo entre as pessoas, às obras civis e à tolerância religiosa não sectária. Ele foi iniciado na maçonaria em fevereiro de 1731, e logo elevado ao posto de Grão-mestre Provincial da Pensilvânia, em 1734 (quando ainda tinha em torno de 20 anos), chegando a Grão-mestre Provincial das colônias em 1749. Como editor, estava em uma posição singular para auxiliar a causa da maçonaria no Novo Mundo. Publicou o *Livro das constituições* de Anderson, um autoritário documento maçônico, em 1734. Em 1756 foi convidado a participar da Real Sociedade, na Inglaterra, que, como já vimos, era de natureza marcantemente maçônica e, talvez, rosacrucianista.[41] Em 1778, quando ainda estava na França, foi iniciado em uma loja altamente influente denominada "Neuf Soeurs" ("Nove irmãs"), em Paris, que tinha entre seus membros Voltaire, Lafayette, Court de Gebelin e vários outros inspiradores da Revolução Francesa.[42] Era também amigo de Sir Francis Dashwood, o inglês que fundou o Hellfire Club.

Franklin envolveu-se em uma controvérsia "semimaçônica" em 1737, quando um ingênuo aprendiz chamado Daniel Rees, que desejava se filiar à francomaçonaria, foi morto por causa de uma brincadeira que deu errado. Walter Isaacson, em sua excelente biografia intitulada *Benjamin Franklin: An American Life* (Benjamin Franklin: uma vida americana), conta detalhes do sórdido episódio:

Vários rapazes arruaceiros, não francomaçônicos, resolveram pregar uma peça no jovem e simularam um ritual cheio de votos estranhos e criativos, purgantes e beijos em traseiros. Quando Franklin soube da brincadeira, achou graça e pediu uma cópia de tais procedimentos. Dias depois, os rapazes encenaram outra cerimônia, quando o desafortunado Daniel Rees acabou morrendo queimado por causa de uma tigela de conhaque em chamas. Franklin não teve envolvimento com o caso, mas foi convidado a depor como testemunha no julgamento por assassinato que se seguiu.

Os editores rivais ficaram extremamente empolgados ao saber que Franklin estava direta ou indiretamente ligado à controvérsia gerada pela morte do rapaz, e notícias do seu envolvimento no caso se espalharam rapidamente entre as colônias. Os pais dele ficaram preocupados, não só por verem o nome do filho relacionado a esse caso em especial mas também por ele ser filiado à francomaçonaria. Em uma carta ao pai, Franklin tentou minimizar os receios da mãe quanto a esse último — embora reconhecendo seu direito de reclamar da fraternidade a exclusão das mulheres. Franklin escreveu: "Devo pedir-lhe, meu pai, que convença minha mãe a ignorar seu julgamento final até que esteja mais bem-informada, e espero que ela acredite em mim, pois eu lhe asseguro que essas pessoas são, de modo geral, inofensivas, não seguem princípios nem utilizam práticas que sejam inconsistentes com a religião e as boas maneiras."

Passando da visão de certo modo mundana que Benjamin Franklin tinha da francomaçonaria a algo mais empolgante — ainda que pouco especulativo —, devemos assinalar que Manly P. Hall, no livro *The Secret Destiny of America* (O destino secreto dos Estados Unidos), declara — com poucas provas concretas, devemos assinalar — que Benjamin Franklin fazia parte da "Ordem da Busca", o movimento secreto que planejava estabelecer uma democracia utópica no Novo Mundo:

> *Homens comprometidos com o juramento secreto de trabalhar pela causa da democracia no mundo decidiram que implantariam nas colônias norte-americanas as sementes de um novo estilo de vida (...) Benjamin Franklin exerceu imensa influência psicológica sobre a política colonial, na qualidade de porta-voz dos filósofos desconhecidos; ele não fazia leis, mas suas palavras se tornavam as próprias.*

Considerando que Dan Brown está mais que familiarizado com os livros escritos por Manly P. Hall — ele é, inclusive, citado no último capítulo de *O símbolo perdido* —, é uma surpresa que não tenha usado esse material sobre a "Ordem da Busca" em seu novo romance, pois ele parece feito sob medida para uma obra de ficção relacionada com a história secreta dos Estados Unidos!

A tolerância religiosa de Benjamin Franklin oferece o mais perfeito reforço da mensagem de *O símbolo perdido* e da francomaçonaria: a de que todas as religiões são, em última análise, uma só, e todos nós somos parte de uma fraternidade de seres humanos. Franklin contribuiu financeiramente para a construção de todas as igrejas da Filadélfia, além de sua única sinagoga. Ao morrer, em 1790, quase 20 mil pessoas compareceram ao seu funeral, enquanto, à frente do cortejo, marcharam lado a lado "todos os clérigos da cidade, oriundos de todas as fés".[43]

Benjamin Franklin já era francomaçom havia quase 50 anos quando assinou a Declaração de Independência. Que outras influências maçônicas podemos encontrar na fundação dos Estados Unidos?

George Washington

Como já vimos, George Washington era declaradamente um maçom. O comandante supremo do Exército colonial durante a guerra revolucionária norte-americana foi iniciado na loja de Fredericksburg no dia 4 de novembro de 1752. Curiosamente, ele se tornou aprendiz principiante da confraria antes de completar 21 anos, contrariando os estatutos, que preconizavam que as iniciações não deveriam ocorrer antes de o candidato demonstrar "maturidade". Algumas pessoas explicam tal anomalia com base na aparência de Washington, um homem alto e forte com quase 1,90m de altura. Talvez a explicação mais provável para sua aceitação precoce seja a dada por Joseph Eggleston no livro *Masonic Life of Washington* (A vida maçônica de Washington), que indicou que a mudança do calendário Juliano para o Gregoriano — ocorrida dois meses antes — tenha acabado por confundir os responsáveis pela loja:

> *Muitos dos seus biógrafos afirmam que seu nascimento ocorreu no dia 11 de fevereiro de 1731 ou 1732, pelo calendário antigo, e uma vez que o registro oficial era 1731, ninguém pensou em considerar a diferença de tempo, assumindo que ele já tinha mais de 21 anos.*

De qualquer modo, Washington foi "elevado" à categoria de mestre maçom apenas um ano depois. Em 1777, lhe foi oferecida a posição de grão-mestre da planejada Grande Loja dos Estados Unidos, mas ele recusou — de forma quase irônica —, alegando que não estava qualificado para cargo tão elevado.[44]

Não há dúvida de que Washington já era mais do que capaz de desempenhar essa função — sua recusa era baseada mais em uma genuína modéstia, que seria evidente por toda sua vida. Ele recusou qualquer remuneração pelo serviço militar e deixou a sala quando John Adams o recomendou para ser comandante supremo do Exército Continental. Apesar de aceitar o cargo, Washington declarou ao Congresso Continental que não era digno de tal honraria. Também se mostrou relutante em usar seus poderes como presidente dos Estados Unidos. Escreveu Thomas Jefferson a seu respeito:

> *A moderação e a virtude de um único indivíduo provavelmente impediram que aquela Revolução terminasse, como vinha acontecendo na maioria dos casos, com a subversão da liberdade que pretendia estabelecer.*

Em 1788, um ano antes de tornar-se o primeiro presidente dos Estados Unidos, Washington foi efetivamente mestre da loja Alexandria, em Washington, D.C. — hoje conhecida como loja Alexandria nº 22 de Washington. Esta passou a abrigar, em 1932, o Memorial Maçônico George Washington, um imenso monumento maçônico inspirado no antigo farol de Alexandria, no Egito, o "Pharos", que faz uma pequena participação em *O símbolo perdido*.

Apesar de frequentar a igreja com sua mulher, Washington mantinha visões filosóficas e religiosas que indicam que ele, tal como Franklin, era um deísta. De acordo com o pesquisador religioso David L. Holmes, "Washington estava mais preocupado com a moralidade e com a ética do que com a adesão às doutrinas de uma Igreja em particular. Ele não parecia ter qualquer interesse em teologia". Washington costumava deixar a igreja antes da comunhão, hábito que levou o reverendo James Abercrombie a compor um sermão criticando indivíduos que ocupavam posições de destaque e davam maus exemplos. Washington respondeu a isso simplesmente deixando de ir à igreja — o que, provavelmente, não foi a resposta que o reverendo Abercrombie buscava! Em seus discursos e cartas, Washington raramente mencionava o cristianismo e Jesus Cristo, e quando se referia a Deus, muitas vezes utilizava os termos "Supremo Governante do Universo", "Autor de Tudo o que É Bom", além da expressão claramente maçônica "Grande Arquiteto". Mais tarde, perguntado sobre as convicções religiosas de Washington, o reverendo Abercrombie limitou-se a responder: "Meu senhor, Washington era um deísta."

Washington faleceu no dia 14 de dezembro de 1799, sob a assistência de seu amigo e irmão maçom dr. Elisha Dick. Ao se aproximarem seus instantes finais, Washington — que tinha um medo particular de enterros ocorridos por engano — solicitou que seu corpo não fosse colocado no caixão por pelo menos três dias depois da sua morte. Apesar dos pedidos para que seu corpo fosse enterrado na cripta do Capitólio e, mais tarde, no Monumento a Washington, sua esposa Martha honrou sua vontade expressa em vida para que ele repousasse em paz no mausoléu da família, em Mount Vernon. O dr. Dick realizou o funeral maçônico em 18 de dezembro, junto aos irmãos da loja nº 22, de Alexandria. Ele colocou as vestes maçônicas de Washington sobre o caixão, com um ramo de acácia, símbolo maçônico da imortalidade.

Se tudo isso parece muito mundano, talvez seja interessante conhecer a versão relatada no livro de Mason Locke Weems, *A History of the Life and Death, Virtues and Exploits of General George Washington* (Vida e morte, virtudes e façanhas do general George Washington). Sem receio de enfeitar um pouco as coisas, Weems assegura que, recém-falecido, o espírito santificado de George Washington ascendeu aos céus ajudado por asas de anjos:

> *(...) enquanto vozes mais que humanas entoavam cânticos em meio às regiões felizes, hinos eram cantados ao longo de uma imensa procissão rumo aos portões do Paraíso. Sua gloriosa chegada foi apreciada a distância, e legiões de poderosos anjos seguiam adiante com harpas douradas para dar as boas-vindas ao honorável recém-chegado.*

Apesar de essa prosa parecer demasiadamente colorida, ela ecoava os sentimentos da nação. Para muitos, George Washington foi um santo — para alguns representava até uma divindade americana. A descrição da morte de Washington, feita por Weems, foi retratada na gravura de David Edwin em 1800 e no trabalho de John James Barralet em 1816, ambos intitulados *A apoteose de George Washington.* Essas imagens alcançaram o seu... apogeu... no famoso afresco de Constantino Brumidi, que ilustra o domo do Capitólio e foi completado em 1865. Essa grande obra é agora trazida ao conhecimento do público através do romance *O símbolo perdido*, de Dan Brown.

THOMAS JEFFERSON

Toda as evidências disponíveis indicam que Thomas Jefferson não era francomaçom, embora, sem dúvida, concordasse com a filosofia da fraternidade e fosse comprovadamente um deísta. Ele redigiu sua própria Bíblia a partir do Novo Testamento, omitindo passagens sobrenaturais e deixando apenas os ensinamentos filosóficos. Essa compilação singular ficou conhecida como a "Bíblia de Jefferson" —- no início do século XX, cerca de 2.500 exemplares foram impressos para o Congresso norte-americano.[45]

Embora os historiadores afirmem que não existem provas de qualquer ligação oficial de Thomas Jefferson com alguma organização maçônica, é fato que ele nutria grande simpatia pela causa. Em carta enviada ao bispo James Madison em 1800 Jefferson expressou suas considerações sobre Adam Weishaupt e seus Illuminati — que não devem ser confundidos com os ficcionais do livro *Anjos e demônios*, de Dan Brown. Em declarações que defendem a maçonaria e os Illuminati, diante das acusações de conspiração citadas pelos escritores Barruel e Robison, as simpatias de Jefferson claramente se voltam para os ideais utópicos e maçônicos, em vez de para a Igreja e o Estado:

> *[Weishaupt] está entre aqueles (...) que acreditam na infinita perfectibilidade do homem. Acha que, com o tempo, ele poderá se tornar tão perfeito que será capaz de governar a si mesmo em qualquer circunstância e de uma forma que não ferirá ninguém, fará todo o bem que puder, não dando ao governo qualquer oportunidade de exercer sobre ele os seus poderes (...) Weishaupt acredita que a promoção dessa perfeição do caráter humano era o objetivo de Jesus Cristo. Que a intenção dele era simplesmente restabelecer a religião natural e, disseminando a luz de sua moralidade, nos ensinar como governar a nós mesmos. Seus preceitos são o amor a Deus e o amor ao próximo. E ensinando a pureza de conduta, Weishaupt esperava situar os homens em seu estado natural de liberdade e igualdade. Ele afirma que ninguém jamais lançou bases mais sólidas para a liberdade que nosso grande mestre, Jesus de Nazaré; acredita que os maçons eram originariamente possuídos pelos autênticos princípios e objetivos do cristianismo, e que,*

por tradição, ainda hoje preservam alguns deles, embora de forma desfigurada.

(...) como Weishaupt vivia sob a tirania de um déspota e dos padres, ele sabia que era necessário tomar cuidado com a disseminação de informação e até com os princípios da moralidade pura. Propôs, então, que os francomaçons passassem a adotar esse objetivo, transformando a difusão da ciência e da virtude na principal meta da sua instituição...

Isso conferiu certo ar de mistério às suas opiniões, foi a causa de seu banimento e da subversão da ordem maçônica, e é o pano de fundo para os delírios lançados contra ele por Robison, Barruel e Morse, cujos verdadeiros receios eram de que a fraternidade se visse ameaçada pela disseminação da informação, da razão e da moralidade natural entre os homens (...) Se Weishaupt tivesse escrito aqui, onde não é necessário guardar segredo em nosso empenho de tornar os homens sábios e virtuosos, não teria precisado conceber qualquer mecanismo secreto para alcançar esta finalidade.[46]

Em seu excelente livro *The Faiths of the Founding Fathers* (Os credos dos pais fundadores) David L. Holmes assinala que o ponto de vista de Jefferson poderia ser mais bem-descrito como "restauracionista", e sua descrição do termo certamente está em sintonia com o tema abordado por Dan Brown em *O símbolo perdido*:

Em todos os campos, os restauracionistas tentam restabelecer um conjunto perdido de verdades. Os que são cristãos acreditam em uma era de ouro (...) da qual a Igreja se afastou (...) Jefferson passou a acreditar que o efeito combinado de monarcas sedentos de poder e "padres" corruptos despojaram os ensinamentos originais imaculados de Jesus.

Jefferson foi o principal autor da Declaração da Independência e, além de ter sido o terceiro presidente dos Estados Unidos, também atuou várias vezes como vice-presidente, secretário de Estado e embaixador na França. Durante suas viagens à França ele costumava acompanhar seu grande amigo Benjamin Franklin nas visitas à loja maçônica Nove Irmãs, e muitos de seus mais íntimos colaboradores e confidentes eram maçons.

THOMAS PAINE

Thomas Paine é mais um dos pais fundadores que nutriam fortes conceitos deístas. Nascido e criado na Inglaterra, Paine só se mudou para as colônias com 37 anos, pouco antes da Declaração da Independência. Emigrou a conselho de Benjamin Franklin, que havia conhecido em Londres. Pouco mais de um ano depois da sua chegada ele publicou, no dia 10 de janeiro de 1776, um livro de enorme influência chamado *Common Sense* (Senso comum), que dizem ter alcançado a espantosa vendagem de mais de 600 mil exemplares, para uma população de apenas 3 milhões de pessoas. Suas palavras inspiraram George Washington a buscar o caminho da independência da Grã-Bretanha, e foi nelas que Thomas Jefferson baseou, em parte, sua Declaração de Independência. Paine também tem a honra de ter sido quem propôs o nome de Estados Unidos da América para a nova nação.[47]

Esse pensador revolucionário foi condenado *in absentia* por provocar revoltas na Grã-Bretanha e, apesar do apoio à Revolução Francesa expresso em seu livro *Rights of Man* (Os direitos do homem), foi para a prisão e, em seguida, condenado pelos revolucionários à morte por se manifestar contra a execução de Luís XVI. Por milagre, escapou da guilhotina, já que o carrasco marcou incorretamente a porta de sua cela no dia da execução.[48] Finalmente, conseguiu sua liberdade graças às petições do novo ministro americano da França (e futuro presidente dos Estados Unidos), James Monroe — que também era francomaçom.

Muitos norte-americanos ficariam surpresos ao saber que o homem que cunhou os Estados Unidos e teve tanta influência em sua independência nutria fortes sentimentos contra o cristianismo. Ao contrário de Benjamin Franklin, que era extremamente tolerante com visões religiosas que diferiam das suas, Paine ridicularizava o cristianismo, considerando-o "uma fábula que, devido aos seus muitos absurdos e extravagâncias, não excede em nada o que se encontra na mitologia dos povos antigos". Em seu livro *Age of Reason* (A idade da razão), Paine escreveu:

> *As opiniões que tenho tornado públicas (...) representam a minha mais clara e duradoura convicção de que a Bíblia e o Novo Testamento são imposições ao mundo; de que a queda do homem, a história de Jesus Cristo ser o filho de Deus, a sua morte destinada a aplacar a ira de Deus e sua salvação por meios tão estranhos constituem invenções absurdamente lendárias, desonrosas para a sabedoria e o poder do Todo-poderoso; de que a única religião verdadeira é o deísmo, pelo que eu desejava afirmar, como o faço agora, a crença em um Deus e uma imitação de seu caráter moral ou a prática daquilo que se costuma chamar virtudes morais.*[49]

Portanto, Paine advogava o deísmo, declarando-o superior ao cristianismo: "O deísmo acredita em Deus, e isso basta", escreveu. "Ele honra a razão, o seleto dom com que Deus contemplou o homem e a faculdade por meio da qual ele é capaz de apreciar o poder, a sabedoria e a bondade do Criador, evidenciadas na criação."

Não existem provas concretas de que Paine fosse franco-maçom. Após sua morte, contudo, foi publicado um ensaio intitulado "As origens da maçonaria". Qualquer que fosse sua posição oficial, o certo é que Paine certamente parecia ter acesso a informações sobre a fraternidade:

> *O aprendiz principiante pouco sabe sobre a maçonaria além do uso que é feito de sinais e símbolos, assim como certos passos e palavras através dos quais os maçons podem se reconhecer entre si sem serem descobertos por alguém que não pertença à confraria. O companheiro artesão não é muito mais conhecedor da maçonaria que o aprendiz principiante. Somente na loja do mestre-pedreiro é que o conhecimento remanescente das origens da maçonaria vem a ser preservado e ocultado.*[50]

Paine era igualmente um crítico implacável dos mitos, não temendo apontar com precisão qualquer coisa que considerasse um erro evidente na lenda da maçonaria:

> *A instituição original da maçonaria consistia na fundação das artes e das ciências liberais, porém mais especificamente na geometria, pois na construção da Torre de Babel é que foram introduzidos pela primeira vez a arte e o mistério da maçonaria, sendo que a partir daí eles foram transmitidos por Euclides, um valoroso e excelente matemático que servia aos egípcios; ele, por sua vez, os transmitiu a Hiram, o mestre maçom empenhado na construção do Templo de Salomão, em Jerusalém.*
>
> *Além do absurdo da ideia de determinar as origens da maçonaria partindo da construção de Babel, onde, segundo a história, a confusão entre os diferentes idiomas teria impedido que os construtores*

entendessem uns aos outros e, portanto, que transmitissem os conhecimentos que acaso tivessem, existe uma contradição gritante na cronologia do relato que ele apresenta.

O Templo de Salomão foi construído e inaugurado 1.004 anos antes da era cristã. Euclides, como se pode ver nas tabelas cronológicas históricas, viveu em 277 a.C. Seria, portanto, impossível que Euclides transmitisse algum ensinamento a Hiram, pois o matemático só nasceria 70 anos depois da época do famoso mestre maçom.[51]

Paine acreditava que a maçonaria tinha uma origem diferente da apresentada pelos mitos da confraria; afirmava que ela derivava de vestígios da religião druídica, que era então a mais recente cultura a transmitir uma linha de conhecimentos místicos, esses que também haviam passado pelas mãos dos romanos, dos gregos, dos egípcios e dos caldeus. Por fim, segundo Paine, a maçonaria era baseada no culto aos céus e, em particular, ao Sol.

Um dos amigos de Paine, o revolucionário Nicolas de Bonneville — também amigo de Benjamim Franklin —, era ainda mais explícito a respeito das origens egípcias dos movimentos e religiões modernos. Em seu livro *De L'Esprit des Religions* (Do espírito das religiões), publicado em 1791, Nicolas de Bonneville sustentava que a própria religião cristã derivava do antigo culto de Ísis.[52] Frequentemente se tem afirmado que as estátuas da Virgem Maria e do menino Jesus apresentam fortes similaridades com as esculturas egípcias de Ísis e de seu filho Hórus.

Paine argumentava que o véu de segredo sob o qual os maçons trabalhavam tinha por objetivo evitar a perseguição religiosa imposta pelo cristianismo aos adoradores do Sol:

> *A fonte natural do segredo é o medo. Quando qualquer religião nova se sobrepõe a uma que já existia, os seguidores da nova fé se tornam perseguidores da antiga. Percebemos isso em todos os momentos históricos em que isso ocorreu (...) Quando a religião cristã se sobrepôs à religião dos druidas na Itália, na antiga Gália, na Grã-Bretanha e na Irlanda, os druidas se tornaram vítimas de perseguições. Os que permaneciam ligados à sua religião original, natural e necessariamente, se viam obrigados a se reunir em segredo, por pura necessidade (...) Dos vestígios da religião dos druidas, assim preservados, surgiu a instituição que, para evitar o nome de druidismo, adotou o nome de maçonaria e passou a praticar sob esse novo nome os ritos e cerimônias outrora executados pelos druidas.*[53]

A posição contrária ao cristianismo que Paine assumiu fez com que o seu papel na independência dos Estados Unidos, analisando-se agora, com o devido distanciamento histórico, acabasse sendo varrido para baixo do tapete, por assim dizer — as críticas que George Washington fez publicamente a ele também não o ajudaram muito. Theodore Roosevelt teria se referido a ele, de forma equivocada, como sendo um "ateuzinho sujo", o que não era o caso, pois Paine, sendo deísta, acreditava em um ser supremo. Em 1925, Thomas Edison comentou que "se Paine tivesse parado de escrever depois de ter publicado *Os direitos do homem*, hoje seria considerado uma das duas ou três figuras mais importantes da Revolução (...) *A idade da razão* lhe custou a glória na visão de seus compatriotas".[54]

Alexander Hamilton

Alexander Hamilton certamente não foi agraciado com um começo de vida feliz. Nasceu nas Índias Ocidentais, filho ilegítimo de um empresário escocês com problemas financeiros, James Hamilton, e de Rachel Fawcett Lavien — que na época era casada com outro homem. Seu pai o abandonou e sua mãe morreu quando ele estava no início da adolescência. Entretanto, seu intelecto precoce e sua grande ambição prepararam o caminho para sua ascensão meteórica: ao fim da adolescência, Hamilton já era o ajudante de ordens de maior confiança do general George Washington, e publicara panfletos de grande repercussão sobre assuntos de governo e economia.

O presidente George Washington nomeou Hamilton como primeiro-secretário do Tesouro dos Estados Unidos, cargo que ocupou de 1789 a 1795. Tal mandato o marcou como uns dos mais importantes estadistas norte-americanos, e muitos firmam que seu gênio financeiro e político abriu caminho para os Estados Unidos se transformarem na superpotência que é hoje.

Apesar de sua origem humilde, Alexander Hamilton acreditava firmemente que somente uns "poucos escolhidos" estariam capacitados a governar e que o poder deveria ser centralizado. Certa vez ele teria dito que "as democracias antigas, nas quais o povo tinha voz ativa nas deliberações, nunca conseguiram uma boa qualificação enquanto governo". Sua visão dos Estados Unidos era a de que o poder deveria ser retirado dos estados e colocado nas mãos de um governo central. Isso ia de encontro aos ideais de Thomas Jefferson, e provocou muitas desavenças entre eles quanto ao governo da nação recém-criada. Jefferson — famoso por sua paranoia política — convenceu-se de que Hamilton liderava um "esquadrão corrupto" que acabaria por destruir o bom trabalho que vinha sendo desempenhado na composição da Constituição dos Estados Unidos, acabando então com as limitações que ela impunha ao governo. Jefferson receava que a visão de Hamilton provocasse "uma mudança da atual forma de governo republicano para a de monarquia" — exatamente o tipo de governo do qual os utópicos estavam desesperados para se livrar.

Hamilton também batalhou pela criação do primeiro banco nacional dos Estados Unidos, encontrando, novamente, intensa oposição da parte de Jefferson, que na época era secretário de Estado. Uma das mais famosas citações de Hamilton confirma as preocupações de Jefferson a respeito da ideia de democracia que seu oponente tinha:

> *Todas as comunidades se dividem entre os poucos e os muitos. Os primeiros são ricos e bem-nascidos; os outros são a massa do povo (...) Turbulenta e instável, ela raramente julga ou decide de forma correta. Que seja dada à primeira classe, portanto, uma participação distinta e constante no governo. Só um organismo permanente é capaz de controlar a imprudência da democracia.*

Existe alguma confusão sobre Hamilton ter ou não ter sido maçom. Henry Clausen, maçom do 33º grau, afirma em seu livro *Masons who Helped Shape Our Nation* (Maçons que ajudaram a construir nossa nação) que Hamilton era um "irmão", tal como faz Gordon S. Wood em *The Radicalism of the American Revolution* (O radicalismo da Revolução Americana). Entretanto, o pesquisador de maçonaria Allen E. Roberts afirma especificamente em seu respeitado livro *Freemasonry in American History* (A francomaçonaria na história norte-americana) que Hamilton não era maçom.

A vida de Hamilton teve um fim bizarro no dia 12 de julho de 1804. Alega-se que ele teria questionado, durante uma conversa em particular, a integridade do terceiro vice-presidente dos Estados Unidos, Aaron Burr. Na verdade, esse incidente foi uma espécie de "gota-d'água" na longa história de antipatia mútua entre esses dois homens, devendo ser registrado que Hamilton, anteriormente, já prejudicara em muito as chances de Burr de se tornar presidente. Este último exigiu desculpas pelo que o oponente tinha dito, mas Hamilton recusou-se, afirmando que não se lembrava de ter feito nenhum comentário desse teor. Foi marcado um duelo para que o assunto fosse resolvido, e os adversários foram para o alto de uma pedra em Weehawken, em Nova Jersey — o mesmo local onde Phillip, filho de Hamilton, havia sido morto num duelo três anos antes. Burr atirou primeiro e feriu mortalmente Hamilton, que faleceu no dia seguinte.

Maçons em toda parte

Até agora vimos que muitos dos pais fundadores dos Estados Unidos tinham sentimentos ambivalentes, quando não pura e simplesmente hostis, em relação ao cristianismo. Uma forte corrente de ideais deístas envolvia as personalidades mais influentes da independência americana. Ainda mais forte, entretanto, é a presença da francomaçonaria. Além dos muitos pais fundadores entre os iniciados da fraternidade, também havia muitos generais do Exército Continental, além de outras figuras de vulto que tiveram participação marcante na campanha pela independência, como o francês Gilbert Lafayette.

Esse jovem idealista francês, membro da aristocracia, assumiu o posto de general do Exército Continental com a exigência de que não fosse pago pelos seus serviços, e ele tinha apenas 19 anos. Sua exemplaridade lhe garantiu o respeito de George Washington, que se tornaria seu amigo pelo resto da vida. Lafayette também conviveu com Benjamim Franklin em Paris, onde ambos se tornaram integrantes da loja maçônica Nove Irmãs. Na verdade, conta-se que cada um dos dois ofereceu o braço ao *filósofo* Voltaire, já idoso na época, quando este tinha entrado para a fraternidade. Devido à sua destacada participação na Guerra Revolucionária americana, Lafayette tem hoje seu nome em cerca de 400 lugares públicos, praças, ruas e avenidas por todo o território norte-americano.[55] Diz-se que quando as tropas americanas libertaram Paris, na Primeira Guerra Mundial, o coronel C. E. Stanton — representando o general americano John Perching, um maçom do 33º grau — postou-se diante do túmulo de Lafayette, no dia 4 de julho de 1917, e proclamou: "Lafayette, estamos aqui!"[56]

Um dos momentos lendários do movimento pela independência norte-americana foi a Festa do Chá de Boston. Na noite de 16 de dezembro de 1773 um grupo de moradores locais, que protestavam contra a importação de chá isento de impostos da Companhia de Chá das Índias Orientais, invadiu o navio mercante *Dartmouth* e despejou no mar junto ao cais todo o seu carregamento de chá. Apesar de não ter ocorrido derramamento de sangue, tal incidente marcou o início da revolução, fez eclodir as paixões coloniais contra os rigores e as imposições do Parlamento da Grã-Bretanha. O que muitos norte-americanos não sabem, porém, é que pelo menos 12 membros da loja maçônica local estiveram envolvidos na Festa do Chá de Boston — inclusive o patriota Paul Revere — e mais 12 pessoas se juntaram à loja posteriormente.

Outra contribuição importante para a luta pela independência foi a de um maçom judeu chamado Haym Solomon, que acumulou uma fortuna como banqueiro e comerciante. Solomon acreditava profundamente que os Estados Unidos se tornariam o farol do mundo, e empenhou não apenas uma soma vultosa de dinheiro à causa revolucionária, como também teve um papel importantíssimo ao levantar fundos junto a fontes internacionais — ajudado por sua proficiência em oito idiomas.

Haym Solomon conseguiu ajuda financeira para a Guerra da Independência na França e na Holanda, além de ter atuado como tesoureiro das forças militares francesas durante a Guerra Revolucionária. Afirma-se que teria emprestado ao incipiente governo cerca de 600 mil dólares, dos quais pelo menos 400 mil jamais foram pagos. Também prestou assistência financeira a grandes ícones históricos como Thomas Jefferson e James Madison, tendo sido amigo íntimo de George Washington.[57] Será que Haym Solomon serviu de base para o personagem Peter Solomon, em *O símbolo perdido*?

A lista poderia continuar. Benedict Arnold, o famoso "vira-casaca" da Revolução Americana, era francomaçom. Friedrich Wilhelm von Steuben era — como Lafayette — outro estrangeiro e francomaçom que prestou inestimável ajuda aos revolucionários americanos. John Hancock, que é muito lembrado por sua assinatura na Declaração da Independência, também era maçom. Steven C. Bullock, estudioso da história da maçonaria, escreveu mais de 300 páginas sobre a influência da francomaçonaria na época da Revolução Americana, em seu respeitado livro *Revolutionary Brotherhood* (Fraternidade revolucionária). Portanto, não há dúvida de que a francomaçonaria desempenhou um papel proeminente na vida de muitos dos responsáveis pela fundação dos Estados Unidos.

Uma história estranha

Em seu livro *The Secret Destiny of America* (O destino secreto dos Estados Unidos) o respeitado filósofo esotérico Manly P. Hall conta uma estranhíssima história folclórica a respeito da criação da bandeira norte-americana, e vale a pena relatá-la aqui.[58] Hall diz ter tomado conhecimento do estranho episódio num livro publicado em 1890, *Our Flag, or the Evolution of the Stars and Stripes* (Nossa bandeira, ou a evolução das listras e estrelas), de Robert Alan Campbell. O livro relata a reunião do Congresso Continental em 1775 para discutir a criação da bandeira colonial; entre as celebridades presentes estavam Benjamin Franklin e George Washington.

Campbell conta que a comissão da bandeira se reuniu numa casa em Cambridge, Massachusetts, perto do lugar onde o general Washington estava acampado. Um cavalheiro idoso identificado apenas como "Professor" estava hospedado lá, e, devido ao espaço limitado, Benjamin Franklin se ofereceu para compartilhar seus aposentos com o enigmático hóspede. Pouco se sabe sobre o Professor, exceto que tinha pelo menos 70 anos de idade, e ele "não comia carne, nem peixe, nem aves ou verduras, não ingeria bebidas alcoólicas, vinho ou cerveja". Alimentava-se exclusivamente de cereais, frutas e chá, e passava a maior parte do tempo analisando livros antigos e manuscritos raros.

Quando o Professor foi apresentado ao Congresso Continental, Benjamin Franklin se adiantou e apertou sua mão. "Nesse momento", afirma Campbell, "foi evidente o mútuo reconhecimento entre os dois" — seria algum indicativo como um aperto de mão maçônico ou algo desse tipo? Seja como for, depois do jantar Franklin trocou algumas poucas palavras com George Washington e a comissão, propondo então a ideia inusitada de convidar o curioso indivíduo para participar da reunião sobre a bandeira.

Aceito o convite, o Professor imediatamente começou a expor suas ideias. Na mesma hora, sugeriu que a anfitriã fosse designada secretária da comissão, para aumentar o número de participantes de seis, considerado de mau agouro, para sete, que era numerologicamente mais favorável — o que foi aprovado por unanimidade pelo comitê.

Nesse ponto já estava perfeitamente claro que tal indivíduo misterioso tinha excelentes conhecimentos de numerologia e também de várias outras ciências antigas e místicas, como a astrologia. Segundo Campbell, ele dirigiu à comissão o seguinte discurso:

> *Assim como o Sol se ergue de seu túmulo em Capricórnio, eleva-se em direção à ressurreição em Áries e avança para cima rumo à sua gloriosa culminância em Câncer, para então nosso Sol político se erguer e continuar a aumentar em poder, luz e glória; e o esplendoroso Sol de verão não terá adquirido toda sua força de calor e poder no estrelado Leão antes que nosso Sol colonial venha, em sua gloriosa exaltação, reclamar seu lugar no firmamento governamental ao lado e em igualdade de condições com qualquer outro Sol de qualquer outra nação sobre a Terra, a ele equiparado, mas sob nenhuma hipótese a ele subordinado.*[59]

O professor apresentou então sua própria concepção da bandeira, que permitiria modificações baseadas na ascensão do país e na chegada de novos estados. Campbell afirma que a comissão aprovou sua sugestão, e a bandeira foi prontamente adotada por George Washington como a oficial do Exército colonial.

PROJETANDO UMA NAÇÃO

Embora muitas vezes tenha sido divulgado o fato de que 50 dos 56 signatários da Declaração de Independência eram maçons, o número "oficial" fica entre 8 e 15. E ainda que isso pareça acabar com teorias de conspiração, devemos reconhecer que ainda assim esse número é significativo, especialmente se levarmos em conta que figuras marcantes como Benjamin Franklin e George Washington eram maçons havia muito tempo. Apesar da crença bastante disseminada atualmente de que os Estados Unidos constituem uma nação construída sobre fortes alicerces cristãos, a verdade é que grande parte de seus fundadores não era cristã, e parece ter cultivado um profundo e inabalável desejo de construir um novo país no qual as tiranias da religião e do governo — como as que se viam na Europa — fossem definitivamente eliminadas.

Em *The Secret Destiny of America* (O destino secreto dos Estados Unidos) Manly Hall afirma que a formação dos Estados Unidos era o objetivo principal da Ordem da Busca, uma sociedade secreta formada por intelectuais e filósofos que vinha sobrevivendo desde tempos imemoriais. Hall afirma que a criação da nação norte-americana constituía um passo a mais em direção à meta suprema de uma democracia em nível mundial:

> *Todos esses grupos antigos (cavaleiros do Santo Graal, cabalistas cristãos e judaicos, rosacrucianistas e Illuminati) pertencem àquela que ficou conhecida como Ordem da Busca. Todos estavam à procura da mesma coisa por trás de uma vasta variedade de rituais e símbolos. Esse objetivo comum era uma ordem social perfeita, a comunidade de Platão, o governo do rei-filósofo.*[60]

Devemos ressaltar, porém, que essa *não é* a visão dos historiadores ortodoxos. Na verdade, é difícil estabelecer convictamente se houve ou não interferência de sociedades secretas na orientação dos Estados Unidos rumo a uma meta definida ou se elas apenas exerceram uma vaga influência por meio da filosofia que os envolvidos compartilhavam — o ideal originalmente enunciado por Francis Bacon em seu livro *A nova Atlântida*. Seja qual for a verdade, o fato é que a francomaçonaria desempenhou um papel importante na fundação da nova República. O historiador maçônico Ronald Heaton vai mais longe ao afirmar que a fraternidade teve mais influência do que qualquer outra instituição na fundação dos Estados Unidos.

> *Nem os historiadores nem os membros da fraternidade, à época das primeiras Convenções Constitucionais, se deram conta do quanto os Estados Unidos da América devem à francomaçonaria e do papel importante que ela desempenhou no nascimento da nação e no estabelecimento dos marcos daquela civilização.*[61]

A propósito, a menção que o historiador Heaton faz do estabelecimento de marcos importantes nos leva a outro dos temas principais em *O símbolo perdido*: a arquitetura esotérica norte-americana de Washington, D.C.

CAPÍTULO QUATRO

ESTRANHAS CONSTRUÇÕES

Como vimos no início do capítulo anterior, o começo da construção da capital dos Estados Unidos foi marcado por tons fortemente maçons. Com lojas locais promovendo cerimônias de lançamento de pedras fundamentais e o próprio presidente sendo um francomaçom, tudo indica que a construção de Washington, D.C. foi fortemente influenciada pela cultura da confraria. O fato de Dan Brown incluir detalhes da arquitetura de Washington na trama de *O símbolo perdido* não é surpreendente. Os dois romances anteriores, protagonizados por Robert Langdon, utilizaram a arte e a arquitetura de cidades famosas para valorizar a história. Em *Anjos e demônios* Langdon segue o "Caminho de Luz" marcado pelas esculturas de Bernini, com muitas outras referências à arquitetura de Roma espalhadas pelo livro. Em *O código Da Vinci* Brown utilizou a arte do mestre renascentista Leonardo da Vinci, assim como alguns dos temas esotéricos da arquitetura parisiense — e, nos últimos capítulos, a Capela Rosslyn.

Curiosamente, Dan Brown só apresenta aos leitores de *O símbolo perdido* pouco mais do que a ponta do iceberg no que se refere à história oculta da capital Washington, D.C. Em certos casos, ele mal menciona monumentos que poderiam ter aparecido com destaque na história, como o Memorial Maçônico George Washington, por exemplo. Em outros momentos, ele apresenta alguns aspectos fascinantes simplesmente como frutos da imaginação dos adeptos das teorias de conspiração. Há uma variedade de outros pontos de interesse que não alcançaram as páginas de *O símbolo perdido*, mas que merecem ser citados. Vamos analisar um pouco mais a fundo esse fato.

Projetando a história

O local onde seria construída a cidade de Washington, D.C. foi definido em um jantar do qual participaram Thomas Jefferson e Alexander Hamilton, aquele concordando em apoiar os planos financeiros em escala federal em troca de terras destinadas à capital. Os estados de Virgínia e Maryland doaram as terras necessárias e em 1790 o local foi batizado de Distrito de Colúmbia (motivo do D.C. sempre colocado junto ao nome da cidade). Foi dado à capital o nome de George Washington.

A cidade foi originalmente planejada pelo francês Pierre Charles L'Enfant, que servira na Guerra Revolucionária, tendo chegado ao país em companhia de Lafayette. Dan Brown afirma em *O símbolo perdido* que o estrangeiro era maçom. Possivelmente, o autor conseguiu essa referência em um livro de David Ovason sobre Washington, chamado *The Sacred Architecture of Our Nation's Capital* (A arquitetura sagrada da capital da nossa nação), que é um dos poucos a informar que L'Enfant era um iniciado. Entretanto, as fontes para essa afirmação de Ovason não são concretas. "A descoberta do manuscrito que confirma essa informação ainda não foi relatada na literatura maçônica", reconhece o próprio Ovason, nas notas finais de seu livro. E continua: "[C]onsequentemente, não posso revelar como consegui esse dado, que me foi passado em uma conversa particular." Diante disso, talvez seja melhor analisarmos tal afirmação com alguma desconfiança.

De um modo ou de outro, o fato é que L'Enfant foi afastado do seu cargo de arquiteto oficial já no início do projeto, devido a irreconciliáveis conflitos de personalidade com a equipe. O emotivo francês levou consigo os traçados urbanísticos que projetara ao se afastar, mas o plano original foi reproduzido com razoável fidelidade pelos que o substituíram no cargo. O astrônomo e agrimensor Andrew Ellicott assumiu o lugar de L'Enfant e acatou ideias de Jefferson e Washington. No dia 15 de abril de 1791 o dr. E. C. Dick, venerável grão-mestre da loja de Alexandria, de nº 22, assistido por seus irmãos maçons, colocou a pedra fundamental, conforme manda a tradição, na ponta sudeste do Distrito Federal, conhecida como Jones's Point.

A cidade de Washington, D.C. é dividida em quatro quadrantes, assinalados pelos pontos cardeais, sendo que no centro está o Capitólio; no entanto, como este não se encontra originalmente no centro, os quadrantes possuem tamanhos desiguais. O plano de L'Enfant incluía muitas avenidas diagonais, que receberiam os nomes dos estados americanos, sendo provavelmente a mais famosa a avenida Pensilvânia, que liga a Casa Branca ao Capitólio. No traçado original, o Capitólio, a Casa Branca e o monumento a Washington formavam um triângulo reto.

A Casa Branca costumava ser chamada de Mansão Presidencial até ser incendiada pelos britânicos durante o ataque de 1814 — o Capitólio também foi atingido, assim como a ponte sobre o rio Potomac. Como consequência, tinta branca foi usada para disfarçar as paredes da mansão, que haviam ficado pretas. A partir disso, ela passou a ser conhecida como Casa Branca.

Washington e o sagrado feminino

Em *O símbolo perdido* Dan Brown mostra, em um diálogo da página 37, Robert Langdon explicando para seus alunos a importância que a astrologia teve na escolha da data de início da construção do Capitólio: "E se eu dissesse a vocês que esse momento exato foi escolhido por três famosos maçons: George Washington, Benjamin Franklin e Pierre L'Enfant, o principal arquiteto da capital?"

> — *A pedra angular foi assentada nessa data e hora simplesmente porque, entre outras coisas, a auspiciosa Caput Draconis estava em Virgem (...) as pedras angulares das três estruturas que formam o Triângulo Federal, ou seja, o Capitólio, a Casa Branca e o Monumento a Washington, foram todas assentadas em anos diferentes, mas tudo foi cuidadosamente programado para que isso ocorresse* exatamente *nessas mesmas condições astrológicas.*

Como mencionado anteriormente, um único autor renomado afirma que Pierre L'Enfant era francomaçom — David Ovason, em seu livro *The Secret Architecture of Our Nation's Capital.* A citação acima, retirada de *O símbolo perdido*, indica que tal obra foi de fato a fonte de Dan Brown, pois a conjunção Caput Draconis é um de seus temas principais. Ovason analisou cerca de 20 diagramas que representavam o zodíaco em Washington, D.C., além de consultar vários mapas astrais de dias importantes para a construção da capital, descobrindo que essa empreitada parece ter sido regida pela veneração à constelação de Virgem:

> *A ideia de que o signo de Virgem é o regente de Washington reflete-se no considerável número de diagramas zodiacais e símbolos lapidares que enfeitam a cidade. A referência virginiana também é enfatizada numa série de mapas da fundação que têm importância fundamental para a referida capital.*[62]

Ovason reforça a "coincidência" citada por Langdon quando afirma claramente que "quem quer que estivesse dirigindo o planejamento da capital possuía um considerável conhecimento de astrologia, além de exibir um interesse definido em enfatizar o papel do signo de Virgem (...) Parece que não importa para onde olhemos ao analisar a construção de Washington, D.C., a linda Virgem sempre mostra sua face". Considerando essa referência explícita, é, de certo modo, surpreendente que Dan Brown não tenha insistido na continuação do bem-sucedido tema do "sagrado feminino", que serviu de pano de fundo para *O código Da Vinci.*

Na verdade, Ovason e outros pesquisadores invocam a imagem, famosa na fraternidade, do "Monumento ao Mestre Maçom" como indicação de que o "sagrado feminino" sempre constituiu parcela vital da tradição maçônica. Nela se vê uma virgem de pé junto a uma coluna quebrada, com um ramo de acácia nas mãos, e, erguido atrás dela, o Pai Tempo, às vezes tocando seu cabelo. Mas essa tese tem sido negada, e uma importante fonte maçônica comprova isso com as seguintes palavras:

> *A teoria de Ovason depende da suposição (...) de que os maçons tinham a respeito da astrologia ideias semelhantes às suas, e também de que a francomaçonaria realmente atribui um significado especial ao signo de Virgem (...) Seus pressupostos não estão comprovados e sua teoria não resiste a nenhum exame rigoroso.*[63]

Apesar de alguns maçons criticarem e considerarem "tolices" de Ovason seu empenho em descobrir significados em mapas astrais, outros especialistas assinalam que de fato existem histórias de francomaçons estudando horóscopos antes de dar início a diversas construções. No livro *Talisman* Graham Hancock e Robert Bauval asseguram que, depois da devastação provocada pelo Grande Incêndio de Londres, em 1666, o antigo maçom Elias Ashmole foi consultado a respeito das datas mais favoráveis para a colocação de pedras fundamentais de vários prédios importantes da cidade.[64]

Entretanto, existe outra área das pesquisas de Ovason, que abarca a geometria da cidade de Washington, D.C., que também é muito interessante. Ele chama a atenção para um fascinante retrato da família Washington, pintado por Edward Savage, que mostra três de seus membros apontando discretamente para uma área triangular num mapa de Washington.[65] Será que essa forma geométrica representaria alguma localização exata ou o leve "aceno de cabeça" não representa alguma outra coisa para os membros da fraternidade, além do delineamento de um compasso maçônico? (Repare nos dedos apontados para o "triângulo".) Note também que neste quadro vemos o neto de Washington segurando um compasso sobre um globo terrestre e que todos estão sobre um piso em forma de tabuleiro de xadrez — ambos motivos caracteristicamente maçônicos. Como essa pintura está exposta na National Gallery of Art, é uma pena que Dan Brown não tenha feito Robert Langdon dar uma passadinha lá para dar uma olhada, já que o personagem é especialista em mensagens codificadas em pintura.

RUAS E SÍMBOLOS

Muitas pessoas interessadas em teorias da conspiração têm chamado a atenção para outros elementos geométricos que fazem parte, segundo afirmam, do plano original da capital norte-americana. Há quem enxergue o quadrado e o compasso maçônicos no traçado diagonal das ruas estabelecido por L'Enfant: o Capitólio seria o vértice do compasso e cada uma de suas pernas apontariam para a Casa Branca e para o Memorial Jefferson. Outros veem um "satânico" pentagrama invertido que aponta para o norte da Casa Branca, sendo que a parte inferior do símbolo tem início na residência presidencial, e a Casa do Templo do Rito Escocês fica na outra ponta. Geralmente, isso é visto como uma das mais histéricas teorias da conspiração que recebem, como era de esperar, pouquíssima atenção em *O símbolo perdido*. Somente em um momento, na página 34, Robert Langdon cita isso, mas descarta tais delírios ao explicar: "Se você traçar um número suficiente de linhas de interseção em um mapa, obrigatoriamente vai encontrar todo tipo de forma." Diga-se de passagem, uma drástica mudança de atitude, se lembrarmos os alucinantes passeios do personagem por Paris e Roma, nos romances anteriores.

Numa linha de raciocínio um pouco mais ortodoxa, Michael Baigent e Richard Leigh fazem rápida referência ao traçado das ruas da capital em seu livro sobre a história da francomaçonaria, *O templo e a loja*. Consideram apenas que o Capitólio e a Casa Branca constituíam pontos focais de uma "geometria elaborada, determinante do traçado" de Washington, D.C. Também mencionam que o projeto original de Pierre L'Enfant foi alterado pelo presidente Washington e por Jefferson, com o intuito de gerar padrões octogonais reminiscentes do emblema em forma de cruz dos Cavaleiros Templários.

Graham Hancock e Robert Bauval citam ainda a possibilidade de um alinhamento intencional da avenida Pensilvânia, entre a Casa Branca e o Capitólio — Jenkins Hill —, com o ponto de ascensão da estrela mais brilhante do céu, a Sirius. A ascensão helíaca da Sirius era de grande importância para os egípcios Antigos, pois assinalava a chegada do ano-novo. A estrela também tinha uma íntima ligação com a grande deusa do Egito Antigo, Ísis — mais uma alusão ao sagrado feminino. Hancock e Bauval apontam que qualquer um que se dispusesse a observar a avenida Pensilvânia ao alvorecer, no ano de 1793, veria Sirius "pairando" sobre o lugar onde se pretendia construir o Capitólio, o que, segundo eles, não poderia ter passado despercebido a homens como o astrônomo Ellicott:

> *Parece muitíssimo improvável que tão impressionante simbolismo astral tivesse passado despercebido ao grupo de importantes franco-maçons e astrônomos que planejavam Washington e estavam decidindo qual seria a localização de suas principais estruturas arquitetônicas.*[66]

No livro *Talisman*, Hancock e Bauval também indicam que o traçado das ruas de Washington, D.C. incorpora deliberadamente o símbolo cabalístico da "Árvore da Vida" — embora, para dizer a verdade, também possamos identificar nele a cruz rosada que Dan Brown utiliza em *O símbolo perdido*. Eles enxergam no prédio do Capitólio a "cabeça" do símbolo esotérico — designado como "Kether" —, enquanto a Árvore da Vida aponta para a direção oeste. Os autores em questão avaliam que um dos focos desse design é o local, dentro dessa forma gigantesca, que corresponderia à *sefirah* cabalística de "Tiferet". Esse local, segundo Dan Brown, seria o enorme obelisco do Monumento a Washington.[67] Tenha sido proposital ou não essa correspondência, seria interessante examinarmos mais atentamente o monumento, inspirado nos impressionantes obeliscos do Egito Antigo.

O MONUMENTO A WASHINGTON

A pedra fundamental do Monumento a Washington, um bloco de mármore Maryland que pesa 11 toneladas, foi oficialmente lançada pelo grão-mestre Benjamin B. French, da Grande Loja de Maçons Livres e Iniciados do distrito de Colúmbia, no domingo, dia 4 de julho de 1848. Ele teria usado na ocasião o avental e o cinturão maçônicos de George Washington, empunhando o mesmo martelo da fraternidade usado pelo primeiro presidente ao lançar a pedra fundamental do Capitólio, no dia 18 de setembro de 1793.[68]

A ideia de um monumento em homenagem a Washington foi concebida previamente e levada a votação pelo Congresso em 1783, 16 anos antes da morte do presidente em questão. Originalmente foi proposto que um "monumento de mármore seria construído pelo governo norte-americano no Capitólio, na capital, e seria solicitada à família de George Washington uma autorização para que seu corpo fosse ali depositado".[69] Mas a família se recusou a autorizar o traslado do corpo do presidente após sua morte, em dezembro de 1799, e o projeto foi colocado de lado.

A insatisfação pública com o fato de o governo não ter sido capaz de construir um memorial permanente em homenagem a George Washington acabou ocasionando a criação da Sociedade do Monumento Nacional a Washington, que se dedicou a levantar os fundos necessários junto a doadores privados. O Congresso reservou um terreno para o monumento, e foi decidido que ele seria construído num ponto alinhado ao sul com a Casa Branca e a oeste com o Capitólio — por acaso, esse era o local escolhido anteriormente pelo arquiteto que planejou Washington, Pierre L'Enfant, para servir de ponto para a construção de um monumento ao presidente. No entanto, constatou-se que o lugar não era adequado, e a edificação acabou sendo deslocada cerca de 100 metros para sudeste, o que, de certo modo, comprometeu o alinhamento — mesmo assim, Dan Brown não cita isso ao comentar, no capítulo 126 de *O símbolo perdido*, que o monumento fica "ao sul" da Casa do Templo (um detalhe insignificante, eu sei).

O monumento foi inicialmente planejado para ser um obelisco de 200 metros de altura, com quatro lados, tendo como pináculo uma "cintilante estrela de cinco pontas" — símbolo claramente maçônico. Na base da obra deveria haver um "panteão" circular feito de colunas de mármore, com 30 metros de altura cada. Entretanto, logo após o início da construção, a altura do monumento foi reduzida para cerca de 150 metros, e uma pequena pirâmide foi substituída por uma estrela cintilante. Depois, quando a sociedade começou a ver que seus recursos estavam ficando escassos, foi instituído um plano segundo o qual outros estados e países também poderiam contribuir para o projeto doando blocos de mármore — ou outras pedras nobres — retirados de seu próprio solo.

Isso resultou em um dos mais famosos incidentes da história do Monumento a Washington. O Vaticano, representado pelo papa Pio IX, contribuiu com um histórico bloco de mármore, extraído do Templo da Concórdia, em Roma, com cerca de 1 metro de comprimento, 25 centímetros de espessura e 45 centímetros de altura. Entretanto, um partido político de tendências xenofóbicas e anticatólicas, o Partido Americano — também conhecido popularmente como o partido dos "Sabe-nada" —, se sentiu ultrajado pela contribuição estrangeira e jurou nunca permitir que a pedra fosse integrada ao Monumento a Washington.

No dia 6 de março de 1854 a "Pedra do Papa", como ficou conhecida, foi roubada. Uma recompensa de 100 dólares foi oferecida a quem conseguisse recuperá-la, o que nunca aconteceu. A teoria mais aceita é a de que foi jogada no rio Potomac, embora também há quem afirme que ela foi enterrada no cruzamento de duas ruas de Washington, D.C.

A construção do monumento continuou a acontecer aos poucos, até que em 1876 o Congresso decidiu que aquilo já bastava, destinando 2 milhões de dólares para o término dos trabalhos. Preocupações a respeito de a base do monumento não ser bastante grande para suportar um obelisco de altura tão elevada levou a mudanças no projeto, removendo-se assim muitos elementos anteriormente planejados — incluindo o panteão e muitas colunas. Em vez disso, a base aumentou de tamanho — escondendo a pedra fundamental para sempre —, e o foco do projeto passou a ser o maciço e solitário obelisco. A ideia do vértice piramidal que coroaria a obra surgiu nesse estágio, e para espelhar a pirâmide retratada no Grande Selo foram usadas 13 fileiras de mármore na construção. Uma folha de alumínio de alta qualidade serviu para cobrir a pirâmide no alto do obelisco, entalhada com a inscrição que *O símbolo perdido* agora tornou famosa, *Laus Deo*: "Louvado seja Deus." Ela foi colocada no alto do obelisco em 1884, mais de um século após o Congresso ter proposto pela primeira vez um monumento a George Washington. A propósito, um ponto que Dan Brown não destacou em seu romance é que a frase *Laus Deo* também tem relação com o Rito Escocês da franco-maçonaria.

Como informação adicional, eu previ há vários anos que o Monumento a Washington seria um ponto focal na sequência de *O código Da Vinci*, porque, no livro anterior, Dan Brown, de forma inexplicável, equipara o comprimento da Grande Galeria do Louvre a "três Monumentos a Washington deitados e colocados um após o outro". Considerando a pesquisa simultânea que o autor costuma empreender para vários livros, além da atraente possibilidade de usar um monumento com inerente simbologia egípcia e de tanta importância na paisagem da capital norte-americana, essa era uma escolha óbvia.

O Rito Escocês e a Casa do Templo

Outro local que aparece com muito destaque em *O símbolo perdido* é a sede do "Conselho da Mãe Suprema" do 33º grau da maçonaria (Jurisdição Sul do Rito Escocês), que está localizada no número 1.733 da rua 16, Noroeste, em Washington, D.C. Inspirada no mausoléu de Halicarnasso — uma das Sete Maravilhas do Mundo Antigo —, esse prédio, conhecido como a "Casa do Templo", foi projetado em 1911 pelo famoso arquiteto John Russel Pope, e está coberto de símbolos egípcios, tais como a Esfinge, o Ankh (ou cruz ansata) e a serpente Uraeus.[70]

David Ovason assinala que a grande torre que serve de pináculo para a Casa do Templo é uma réplica da famosa pirâmide truncada que encontramos no verso do Grande Selo dos Estados Unidos — até o detalhe mínimo de ela ter sido construída com 13 andares de trabalho em pedra,[71] assim como a pequena pirâmide no topo do Monumento a Washington. O prédio foi projetado por dois arquitetos: como Pope não era membro da francomaçonaria, um maçom do 32º grau chamado Elliott Woods também foi contratado para trabalhar na construção. Naturalmente, os conhecimentos maçônicos de Woods foram fundamentais para a correta concepção do interior do templo maçônico. Ovason observa que o projeto original de Pope previa muito mais que 13 andares na pirâmide, mas não se sabe quem tomou a decisão de modificá-lo.

A pirâmide do tipo "Illuminati" sobre o prédio é apenas um dos elementos entre os muitos que tornam essa uma locação típica de Dan Brown. Pelo lado de fora, a imponente construção parece gritar ser a sede de uma "sociedade secreta" (apesar de isso soar contraditório). Duas sentinelas guardam a entrada — gigantescas esfinges de pedra pesando 17 toneladas cada uma e com o nome de "Sabedoria" e "Poder" —, atrás das quais 33 colunas jônicas, cada uma com 10 metros de altura, fornecem à construção um ar clássico, ao mesmo tempo que simbolizam os 33 graus do Rito Escocês da maçonaria. A entrada é feita por meio de uma porta de bronze — adequadamente opulenta — que dá acesso a um átrio impressionante, a "corte central do Templo, onde os visitantes são bem-vindos e podem ter o primeiro vislumbre da majestade do design do templo e de sua arquitetura". E por majestoso entende-se: piso revestido de mármore e rodeado por oito imensas colunas dóricas de granito verde polido de Windsor. As paredes de calcário são decoradas por placas de bronze com símbolos maçônicos. Tigelas de alabastro servem de pináculo a luminárias de bronze que clareiam o salão com uma luz suave.

Estátuas egípcias entalhadas em mármore guardam o acesso à Grande Escadaria enquanto, em cada um dos lados, podemos ver a Câmara Administrativa e a biblioteca da Casa do Templo, que abriga mais de 250 mil volumes. A propósito, a descrição a "ilusão de pirâmide" da biblioteca feita por Dan Brown não é fictícia — você poderá constatá-la por si mesmo ao visitar o site do Rito Escocês e ver imagens da biblioteca.[72]

Ao subir pela Grande Escadaria nos confrontamos com um busto do "pai" do Rito Escocês na Jurisdição Sul, o ex-general confederado Albert Pike. Gravada na pedra sobre o busto está uma famosa citação dele: "O que fizemos apenas por nós mesmos morre conosco; o que fizemos pelos outros e pelo mundo permanece e é imortal."

No terceiro andar encontramos a Sala do Templo — uma das mais importantes locações em *O símbolo perdido.* Mais uma vez a opulência da sala nos deixa atônitos. O piso é um mosaico criado por dezenas de milhares de minúsculos cubos de mármore; a mobília é feita de nogueira russa, com estofamento em couro e folheado a ouro, com detalhes em laca preta. Esses detalhes de acabamento combinam com o altar central, que é feito de mármore negro e dourado. Trinta metros acima do altar está a gigantesca claraboia poligonal que aparece com destaque nos capítulos finais do romance de Dan Brown. Uma frisa de mármore negro na parede envolve a Sala do Templo, e nela estão inscritas as seguintes palavras em bronze: "Das trevas externas da ignorância e em meio às sombras da nossa vida terrena serpenteia a maravilhosa senda da iniciação que leva à luz divina do altar sagrado."

Finalizada em 1915, a Casa do Templo foi imediatamente considerada uma obra clássica. A edição de janeiro de 1916 da *London Architectural Review* elogiou o design de John Russell Pope, destacando que "essa composição monumental certamente alcançou o mais alto grau de realização na busca de uma nova interpretação do estilo clássico, com a qual a moderna arquitetura norte-americana tem íntima identificação". Pope também projetou muitas outras obras-primas na cidade de Washington, D.C., incluindo o Memorial a Jefferson, o Arquivo Nacional e a Galeria Nacional de Arte.

Desde o início da história o Rito Escocês da francomaçonaria desempenha um papel importante em *O símbolo perdido*: antes mesmo de abrir o livro, a capa já salta aos olhos do leitor, com uma fênix de duas cabeças impressa, que é o emblema do Rito Escocês. Depois, logo nas primeiras páginas, temos a descrição detalhada de um rito de iniciação que está sendo conduzido na Casa do Templo. De todas as vertentes da francomaçonaria, o Rito Escocês é, talvez, o mais associado a teorias da conspiração modernas, então este pode ser um bom momento para analisarmos algumas coisas sobre a colorida história da ordem.

O lema que aparece no selo do Rito Escocês, *Ordo ab Chao*, é apenas um dos muitos que acompanham o emblema da fênix de duas cabeças. O livro *O governo secreto*, de Jim Marrs — uma das fontes usadas nas pesquisas de Dan Brown —, uma obra com tons conspiratórios, diz o seguinte a respeito desse lema:

> *O slogan maçônico Ordo ab Chao, ou Ordem a partir do Caos, geralmente é usado para se fazer referência à tentativa da fraternidade de trazer a ordem do conhecimento ao caos das várias crenças e filosofias humanas no mundo — uma Nova Ordem Mundial.*

> *Epperson, um conhecido autor conspiratório, explicou que esse slogan significa, na verdade, que a "'ordem' de Lúcifer vai substituir o 'caos' de Deus". Outro autor, Texe Marrs, dá sua explicação em um nível mais mundano, afirmando que tal Ordo ab Chao é a "doutrina secreta dos Illuminati", baseada no conceito hegeliano de que a "crise leva à oportunidade". Marrs afirma: "Eles trabalham para inventar o caos, para gerar raiva e frustração em parte dos seres humanos para, depois, tirar vantagem da necessidade desesperada que as pessoas têm pela ordem."*

Talvez o principal motivo de as teorias da conspiração terem a ver com o Rito Escocês é o fato de o corpo de Albert Pike estar enterrado dentro da Casa do Templo. Esse privilegiado lugar de descanso eterno é um testemunho da contribuição de Pike ao Rito Escocês, Jurisdição Sul. Ele reestruturou os rituais já esquecidos do grupo e o presidiu sob o cargo de grande soberano comendador, de 1859 até sua morte, em 1891.

Advogado e editor de jornais, Pike também escreveu muitos livros sobre a francomaçonaria. A mais conhecida de suas obras, *Morals and Dogma* (Ética e dogma), propõe-se a servir de suplemento para os rituais que ele designou para o Rito Escocês, Jurisdição Sul. Esse livro é composto de comentários e divagações sobre culturas antigas e religiões em um comparativo, e era oferecido um exemplar a cada iniciado que alcançasse o 14º grau. É interessante notar que uma das seções desse tratado de Pike demonstra preocupação com as semelhanças entre os mitos, a iconografia da deusa egípcia Ísis e a subsequente tradição mariana do cristianismo.

Morals and Dogma obteve muito respeito entre os teóricos da conspiração e também entre os antimaçons, devido aos textos fraudulentos de um francês chamado Léo Taxil (seu nome verdadeiro era Gabriel Pagès). Depois de escrever vários artigos anticatólicos, Taxil voltou sua atenção para a francomaçonaria, focando-se em especial na figura de Albert Pike. Foi atribuída ao maçom, de forma fraudulenta, uma suposta adoração a Lúcifer, e foi denominado "Soberano Pontífice da Maçonaria Universal". Taxil afirmava existir uma seita ultrassecreta de maçons, que se chamaria Palladium. Entretanto, em 1897, ele revelou que seus textos eram embustes (voltaremos a Taxil mais adiante).

Todavia, há vários trechos de *Morals and Dogma* que mostram que Pike tinha muito interesse pelo oculto, e seus escritos sobre a "filosofia luciferiana" sem dúvida forneceu muito combustível para antimaçons. Entretanto, é importante ressaltar que a reverência de Pike ao princípio luciferiano não se referia à ideia cristã de "Lúcifer, o diabo", mas à clássica definição: "o luminoso" (os antigos romanos, por exemplo, denominavam Vênus, a estrela da manhã, de Lúcifer). Ou seja, Pike era um buscador da "luz", outro nome para conhecimento.

Pike também parecia acreditar em uma "hierarquia do conhecimento", e escrevia com desdém sobre muitas coisas da maçonaria Azul (os três primeiros graus). Por exemplo:

> *Os Graus Azuis não passam de um pórtico do Templo. Alguns dos símbolos expostos ali são para o iniciado, mas este é intencionalmente induzido ao erro por falsas interpretações (...) As verdadeiras explicações são reservadas para os adeptos, os príncipes da maçonaria (...) que é a verdadeira Esfinge, enterrada até a cabeça pelas areias dos tempos.*

Os textos de Pike mostram que ele era profundamente interessado na cabala e em outras vertentes do pensamento hermético. Na verdade, os historiadores do Rito Escocês, da Jurisdição Sul, enxergam os 32 graus da ordem como tendo sido baseados nos "32 caminhos de sabedoria" da cabala.

Pike também concordava com o pensamento anticatólico de muitos dos ocultistas e cientistas medievais:

> *A maçonaria é uma busca pela luz, tal procura nos leva diretamente de volta, como se pode ver, à cabala. Nessa antiga e mal compreendida mistura de absurdo e filosofia, o iniciado encontrará a fonte das doutrinas e poderá talvez, com o tempo, vir a compreender os filósofos herméticos, os alquimistas e os pensadores antipapais da Idade Média...*

Além de nessas controvérsias filosóficas, porém, Albert Pike se envolveu em outro debate ainda mais estranho. Em 1993, um grupo apresentou uma petição ao Conselho do distrito de Colúmbia solicitando a remoção da estátua de Albert Pike que se encontra na Judiciary Square, em Washington, D.C. Essa solicitação foi feita com base na informação de que ele foi um dos fundadores da abominável Ku Klux Klan.

A Ku Klux Klan que conhecemos hoje, repleta de cruzes em chamas, capuzes brancos e várias pessoas dispostas a linchar outras é, na verdade, a terceira versão de um grupo originalmente fundado no estado do Tennessee em 1865, logo após o término da Guerra Civil Americana. Os veteranos confederados criaram o grupo originalmente para alcançar vários objetivos: ajudar as viúvas confederadas e os órfãos de guerra; fazer oposição à extensão do direito de voto aos negros e, também, lutar contra outras "imposições" dos estados sulistas durante a Reconstrução. Segundo John J. Robinson, autor de *Nascidos do sangue: os segredos perdidos da maçonaria*:

> *O olho onividente da maçonaria se tornou o Grande Ciclope. Havia mensagens com os dedos, senhas e apertos de mão secretos, sinais de reconhecimento e até um juramento sagrado, tudo isso*

adaptado da experiência maçônica. Alguns adeptos da KKK chegaram a tornar públicas ligações oficiais entre eles e a francomaçonaria.

De qualquer maneira, o grupo começou a se tornar conhecido pelo uso da violência para alcançar alguns dos seus objetivos e em 1871 o presidente Ulysses S. Grant assinou a chamada Lei do Klan, que autorizava o uso da força para acabar com os atos terroristas do movimento. Essa lei anunciou o fim da organização original, embora ela tenha tornado a surgir, a partir de grupos descontentes, no início do século XX.

Essa segunda formação da KKK se originou durante a Primeira Guerra Mundial e foi muito mais bem-sucedida. Muitos brancos que viviam na pobreza foram atraídos a entrar para o grupo por meio da propaganda que assegurava que suas condições de vida eram causadas pelos negros, pelos judeus, pelos católicos e pelos estrangeiros. O grupo garantia ter influência sobre os círculos mais elevados do governo, alegava ter aliciado o ex-presidente Warren Harding e tentou cortejar o presidente Harry Truman (um maçom do 33º grau). Em seu auge, a KKK se orgulhava de ter 4 milhões de membros.

O mais recente grupo a se apresentar sob o nome de Ku Klux Klan só ficou conhecido depois da Segunda Guerra Mundial e foi formado, basicamente, em resposta à luta em defesa dos direitos civis dessa época. Embora compartilhe pontos em comum com a KKK original, tais como desejar a segregação de raças, ele se tratava, na verdade, de um grupo muito distinto do anterior. Qualquer tentativa de desacreditar Pike com base em seu alegado papel na KKK original, portanto, não é digno de consideração, e devemos considerar que o pensamento de Pike era compartilhado pela maioria das pessoas que residiam nos estados sulistas na época (embora nem isso sirva para validar sua filosofia!). Vale a pena ainda lembrar que Pike foi um dos primeiros a apoiar os direitos dos nativos norte-americanos.

Mas Pike chegou a ter algum envolvimento com a Ku Klux Klan original? A única evidência que o liga ao grupo são os escritos de vários historiadores pró-confederados da virada do século XIX para o XX. Não há prova concreta de que ele tenha fundado o grupo, e devemos lembrar que os historiadores dessa época tendiam a glorificar a função confederada, incluindo a Ku Klux Klan.

Mesmo assim, há uma história estranha que liga Albert Pike à primeira manifestação da KKK. Quando o grupo anticatólico dos Sabe-nada — responsável pelo roubo da "Pedra do Papa" no Monumento a Washington — se dissolveu, um de seus membros formou uma nova organização. Os "Cavaleiros do Círculo Dourado" foi formado por um sabe-nada da Virgínia chamado George Bickley, em 1856, embora outras pessoas afirmem que foi o próprio Albert Pike quem formou o grupo. Seu objetivo era a promoção do expansionismo norte-americano (ou, mais corretamente, sulista): um círculo no globo terrestre com 16 graus de raio, cujo centro ficava em Havana, Cuba, foi marcado como um território que deveria se tornar parte dos Estados Unidos. Esse círculo incluía o México, a América Central e até parte da América do Sul. Há quem afirme que o infame fora da lei Jesse James era membro dos Cavaleiros do Círculo Dourado.[73]

Um aspecto curioso do plano de Bickley foi o uso do número 32. Ele criou 32 filiais regionais para seu novo grupo, e o "círculo dourado" propriamente dito tinha 32 graus de diâmetro. O exército dos "cavaleiros" também seria composto de duas divisões com 16 mil soldados cada uma (32 mil homens ao todo). Será que existe aqui alguma ligação com o general

Pike? Como já vimos, os 32 graus normais do Rito Escocês da maçonaria concebidos por Albert Pike tinham base nos 32 caminhos da sabedoria na cabala.

Em seu livro *Shadow of the Sentinel* (A sombra da sentinela), Bob Brewer e Warren Getler descrevem como os Cavaleiros do Círculo Dourado acumularam fortuna através de vários meios e como tentaram esconder esse tesouro quando o grupo entrou para a clandestinidade. As informações sobre a localização dessa riqueza foram ocultadas por uma série de cifras complexas que permaneceriam à espera de ser resgatadas pelos iniciados quando fosse o momento certo. Isso, certamente, seria material de primeira para uma trama típica de Dan Brown, embora os Cavaleiros do Círculo Dourado tenham aparecido no filme *A lenda do tesouro perdido 2: O livro dos segredos*, e isso certamente tornou o tema "requentado" demais para ser usado em um futuro romance.

Há quem diga que os Cavaleiros do Círculo Dourado acabaram se transformando na Ku Klux Klan original. Existem evidências circunstanciais para provar isso: ambas as organizações compartilhavam os mesmos objetivos, ambas eram baseadas no idealismo confederado e "Ku Klux" é, na verdade, uma derivação da palavra grega *kyklos*, que significa "círculo" (seria, literalmente, o "clã do círculo"). Vale a pena notar ainda que os Sabe-nada, os Cavaleiros do Círculo Dourado, o Rito Escocês da maçonaria de Albert Pike e a Ku Klux Klan nutriam uma aversão comum pelo catolicismo. Muitos maçons foram membros da segunda versão da Ku Klux Klan, fato que levou os líderes da francomaçonaria a se distanciar de qualquer ligação oficial com a organização.

A desconfiança que os maçons do Rito Escocês tinham pela Igreja Católica continuou até pouco tempo atrás. Em 1960, o Soberano Grande Comendador do Rito Escocês,

Jurisdição Sul, escreveu um artigo considerando a possibilidade de eleição de John F. Kennedy, que era católico, à presidência. O artigo apareceu na edição de fevereiro de 1960 da *New Age*, uma publicação Rito Escocês:

> *Qualquer exemplo de intolerância nos Estados Unidos é demonstrado unicamente pela hierarquia da Igreja Católica Romana (...) A dupla lealdade dos católicos norte-americanos é um perigo constante às nossas instituições (...) Entre cidadãos norte-americanos não deveria haver nenhuma suspeita de lealdade a nenhuma potência estrangeira. Porém, no caso do cidadão ligado ao catolicismo romano, sua Igreja é a guardiã de sua consciência, pois determina que ele deve obedecer às suas leis e aos seus decretos mesmo que tais estejam em conflito com a Constituição e as leis dos Estados Unidos.*

Os simpatizantes mais declarados das teorias da conspiração enxergaram nessa declaração, junto ao número relativamente elevado de maçons envolvidos na investigação do assassinato do presidente Kennedy, uma oportunidade para criar uma teoria segundo a qual a francomaçonaria (ou, melhor ainda, os Illuminati) teria sido a responsável pelo assassinato do presidente. Entretanto, devemos lembrar que os sentimentos anticatólicos que vemos aqui eram compartilhados pela maioria dos protestantes norte-americanos, à época.

Uma Linha da Rosa em Washington?

Há uma relação indireta entre a localização da Casa do Templo e *O código Da Vinci*, e Dan Brown poderia tê-la incorporado à trama de *O símbolo perdido*, se desejasse. No primeiro, Brown chamou a atenção para a "Linha da Rosa" e o meridiano de Paris que passa por Saint-Sulpice. O dr. Steven Mizrach, antropólogo na Florida International University e respeitado pesquisador dos mistérios do Priorado de Sião, lembra que a capital norte-americana — tal como Paris — também teve, no passado, seu próprio meridiano:

> *Aparentemente, a capital norte-americana foi concebida inicialmente de forma tal que a rua 16 fosse seu meridiano norte-sul — que seria o "meridiano zero" dos Estados Unidos. Quando Greenwich foi declarado internacional, o distrito de Colúmbia e Paris renunciaram à pretensão. Hoje, Washington tem a rua Capitólio como eixo norte-sul, mas certos monumentos, especialmente os do parque Meridian Hill, apontam para o antigo eixo.*[74]

A Casa do Templo do Rito Escocês, localizada na rua 16, também fica sobre o mesmo meridiano. No livro *The Jefferson Stone — Demarcation of the First Meridian of the United States* (A pedra Jefferson — a demarcação do primeiro meridiano dos Estados Unidos), o autor, Silvio A. Bedini, relata como Thomas Jefferson foi um dos principais incentivadores da campanha para estabelecimento de um meridiano central dentro do território dos Estados Unidos. Esse meridiano passaria pelo meio da Casa Branca. Ainda hoje uma placa comemorativa desta ideia pode ser vista na entrada superior do parque Meridian Hill, vindo da rua 16, no local de um antigo marco inaugurado em 1816.[75] Considerando o final de *O símbolo perdido* e a "direção sul" dada ao Monumento a Washington, é lícito especularmos se essa ideia de mencionar o meridiano era originalmente parte do romance e foi retirado em algum ponto do desenvolvimento da história.

O PENTÁGONO

O Pentágono mereceria ser mencionado nem que fosse por sua concepção geométrica. Os cinco lados do prédio formam uma figura específica, e, além disso, possui a característica de praticamente englobar o símbolo "mágico" do pentagrama (estrela de cinco pontas). Como Dan Brown já demonstrou, em *O código Da Vinci*, que tem afinidades com a "Seção Dourada", formada no interior do pentagrama, é surpreendente que não encontremos um monólogo relacionado com a sede do Departamento de Defesa dos Estados Unidos inserido em *O símbolo perdido*. O pentagrama foi encontrado pela primeira vez no Antigo Egito, na forma de um hieróglifo denotando a ideia de uma "estrela" (e, por extensão, de todo o céu).

Diz-se que o feitio tão peculiar do conjunto de prédios que forma o Pentágono foi determinado pelo formato problemático do terreno originalmente proposto para a construção. No entanto, outro local foi escolhido ao fim das deliberações, e cabe aqui perguntarmos o porquê de o estranho formato ter sido mantido, já que o novo local não apresentava as mesmas restrições do terreno original. Outro motivo apresentado para a forma pentagonal do prédio é que ela permitiria a máxima eficiência no trabalho, já que todas as salas e escritórios ficariam acessíveis, a pé, em questão de minutos. Seria o caso de perguntarmos se o mesmo resultado não seria obtido com um prédio alto, com elevadores. Seja como for, a construção do prédio teve início em julho de 1941.

Graham Hancock e Robert Bauval apontam, no livro *Talisman,* que o presidente Franklin Delano Roosevelt, que assumiu o controle do planejamento do prédio, tornou-se mestre maçom em 1911, e em 1929 se tornou maçom do 32º grau do Rito Escocês. Devia, portanto, ter pleno conhecimento de uma das obras-chave da maçonaria do Rito Escocês, o *Morals and Dogma*, de Albert Pike, que associa a forma pentagonal ao símbolo maçônico da estrela cintilante.[76]

O Memorial Maçônico a George Washington

Na cidade independente de Alexandria, na Virgínia, cerca de 8 quilômetros ao sul de Washington, D.C., está localizado o Memorial Maçônico Nacional a George Washington. A ideia de erguer um memorial maçônico a George Washington foi dada por vários membros da loja de Alexandria — Washington, de nº 22, que havia perdido muitos tesouros históricos numa série de incêndios. A loja decidiu construir um prédio à prova de fogo para abrigar os demais objetos que haviam pertencido a Washington, doados pela família dele.

A construção do memorial foi inteiramente financiada por contribuições voluntárias de membros da fraternidade maçônica. Sendo assim, considera-se que ele pertença a todos os maçons dos Estados Unidos, independentemente do "ramo" a que estejam filiados. A pedra fundamental foi colocada no dia 1º de novembro de 1923, mas a construção só pôde prosseguir à medida que havia fundos disponíveis. Assim, o memorial só foi inaugurado em 12 de maio de 1932 — momento descrito como "um dos acontecimentos mais importantes e emocionantes da história da francomaçonaria norte-americana".

Considerando sua associação explicitamente maçônica, o memorial certamente seria o cenário perfeito para uma trama paralela em *O símbolo perdido*. Em vez disso, ele é mencionado uma única vez, quase de passagem. Entretanto, merece ser analisado: o prédio é um monumento espetacular com pouco mais de 100 metros de altura, que teria sido inspirado no antigo Farol de Alexandria, no Egito — mais uma das Sete Maravilhas do Mundo Antigo, seguindo a mesma linha da ligação que a Casa do Templo tem com o mausoléu de Halicarnasso. Os visitantes entram no prédio através do "Salão Memorial" do segundo andar, e são recebidos por uma imensa escultura de um George Washington envergando seu avental maçônico, caso haja alguma dúvida a respeito da associação da francomaçonaria com o grande vulto da história norte-americana. Os vários andares do prédio teriam servido de maravilhosas locações para Dan Brown, se ele tivesse escolhido usar algum deles. O quarto andar, por exemplo, contém objetos históricos e recordações relacionadas tanto à maçonaria quanto ao primeiro presidente da nação norte-americana, enquanto a biblioteca, no sexto andar, abriga mais de 20 mil livros sobre a confraria — um excelente recurso, caso Robert Langdon tivesse escolhido usá-la para superar algumas de suas deficiências no tangente ao conhecimento sobre a maçonaria.

Em outro local do prédio podem ser vistas duas réplicas: uma da cripta por baixo do Templo de Salomão e outra da Arca da Aliança. No último andar está uma reconstrução da Sala do Trono do Templo de Salomão, rodeada por um deque para observação, que oferece uma vista panorâmica da área metropolitana de Washington, D.C.

Escrevendo no *Scottish Rite Journal* de fevereiro de 2001, o maçom do 33º grau George D. Seghers descreveu a missão proposta pela Associação do Memorial Maçônico Nacional a George Washington:

Nossa missão hoje em dia é preservar não só a memória e o legado de George Washington, como também promover e perpetuar as crenças e os ideais maçônicos em que se inspirou a fundação da nossa grande nação.

Tais palavras fazem eco ao tema central de *O símbolo perdido*: os Estados Unidos foram fundados com base nos ideais da francomaçonaria e continuam a ser influenciados por eles. Entre os livros e relíquias maçônicos, tais como as "réplicas" do Templo de Salomão lá abrigados, o Memorial Maçônico a George Washington certamente teria servido muito bem de cenário para *O símbolo perdido.*

A Catedral Nacional de Washington

A Catedral Nacional de Washington, assim como o Monumento a Washington, precisou de um longo período de tempo para ser construída. A pedra fundamental foi colocada no dia 29 de setembro de 1907, na presença do presidente — e maçom — Theodorc Roosevelt, que usou o mesmo martelo utilizado por George Washington para lançar a pedra fundamental do Capitólio. A explosão de duas guerras mundiais e a Grande Depressão provocaram atrasos constantes na construção do templo, e o último ornamento arquitetônico só foi colocado em 29 de setembro de 1990. Oitenta e três anos haviam se passado desde o início das obras. Ela é a sexta maior catedral do mundo e a quarta estrutura mais alta em Washington, D.C., sendo que a torre central, *Gloria in Excelsis*, com 91 metros de altura, é, na verdade, o ponto mais alto de Washington, pois fica 206 metros acima do nível do mar.

A catedral foi construída com muitas "falhas" propositais — um velho costume arquitetônico que serve para ilustrar o fato de que só Deus pode ser perfeito. Ironicamente, tais defeitos do projeto original e certas distorções visuais são certamente compensadas no momento em que o visitante aprecia a grandiosidade da arquitetura, e isso faz com que a construção pareça ainda mais perfeita.

Dan Brown não inventou nada quando citou as estranhas figuras ornamentais da catedral em *O símbolo perdido*: ela realmente possui uma carranca de Darth Vader, bem como um vitral onde vemos em destaque uma pedra trazida da Lua. Mais seriamente, a catedral também é o local de descanso final de vários americanos proeminentes, incluindo Hellen Keller e o presidente Woodrow Wilson.

O Capitólio e a Apoteose de Washington

O Capitólio dos Estados Unidos é o local mais importante de Washington, D.C. desde os planos originais de Pierre L'Enfant. O arquiteto francês colocou a Casa do Congresso — logo rebatizada de Capitólio por insistência de Thomas Jefferson — na colina Jenkin's Hill, o ponto mais alto da cidade. Substituído em 1792, depois de um desentendimento com George Washington, L'Enfant, portanto, nunca conseguiu ver seus planos ganharem vida, mas a localização que ele escolheu foi mantida como local para a majestosa construção.

Uma competição foi anunciada por Thomas Jefferson em 1792, para que fosse encontrado um substituto para L'Enfant. O projeto vencedor foi o de um arquiteto chamado William Thornton, que se inspirou no Louvre, em Paris, e no Panteão, em Roma. Entretanto, foram feitas várias modificações no projeto original, sendo a mais notável de todas a do maçom Benjamin Latrobe.

Como já mencionamos, a pedra fundamental do Capitólio foi colocada por George Washington no dia 18 de setembro de 1793. Descendo ao fosso da construção envergando seu avental maçônico, Washington depositou ali uma placa de prata e depois colocou sobre ela a pedra angular do Capitólio e, a seguir, as "oferendas" maçônicas tradicionais: milho, vinho e óleo. As seguintes palavras estavam gravadas na placa de prata:

> *A pedra a sudeste deste terreno, a fundamental do Capitólio dos Estados Unidos da América, na cidade de Washington, foi lançada no dia 18 de setembro de 1793, no 13º ano após a Independência americana e no primeiro ano do segundo mandato do presidente George Washington, cujas virtudes na administração civil de seu país, tão claras e benéficas quanto seu valor e prudência na vida militar, foram úteis para estabelecer as liberdades da nação. No ano maçônico de 5793, pelo presidente dos Estados Unidos e de acordo com a Grande Loja de Maryland, várias lojas sob sua jurisdição e a loja de nº 22 em Alexandria, Virgínia.*

Os planos originais de Thornton, inspirados pelo Panteão, incluíam um domo, mas ele não foi construído até 1823, sob as ordens do terceiro arquiteto do Capitólio, Charles Bulfinch. Entretanto, como várias extensões haviam sido construídas nas alas norte e sul do Capitólio, a fim de abrigar o Congresso dos Estados Unidos, que se tornava cada vez maior, o domo original de Bulfinch se tornaria um detalhe feio.

Em 1855 uma lei foi aprovada determinando a construção de um domo maior. Este foi projetado por Thomas U. Walter, o quarto arquiteto do Capitólio. Com um custo superior a 1 milhão de dólares, tal construção aconteceu entre 1855 e 1866. Ele foi construído com a utilização de mais de 4 mil toneladas de ferro, e se ergue a 88 metros do solo, contando com a estátua que representa a Liberdade, que fica no seu topo. Por dentro, a vista é impressionante: o teto se ergue 55 metros acima do piso da rotunda, e olhando para cima o visitante depara com a visão maravilhosa do afresco *A Apoteose de Washington*, de Constantino Brumidi.

Ao percebermos os detalhes do afresco de Brumidi, alguns elementos fascinantes atraem nossa atenção. A pintura, com quase 400 metros quadrados de área, retrata não apenas George Washington ascenso — à moda das apoteoses descritas no capítulo anterior —, como também várias outras figuras. No centro da imagem, Washington está ladeado pelas deusas da Liberdade e da Vitória, e também por 13 donzelas, que representam as 13 colônias originais. Fora desse grupo há seis cenas representando vários aspectos da nação: a Guerra, a Ciência, a Marinha, o Comércio, a Mecânica e a Agricultura. A mais interessante de todas essas imagens talvez seja a representação da Ciência: Minerva, a deusa romana das artes e da sabedoria, está no meio de um grupo de grandes cientistas norte-americanos, incluindo Benjamin Franklin, Samuel Morse e Robert Fulton. À esquerda do grupo principal um indivíduo utiliza um compasso sobre uma pedra angular — uma possível referência à maçonaria. É interessante lembrar que tanto Franklin quanto Fulton eram maçons.

Diretamente debaixo da rotunda fica a cripta do Capitólio, um salão circular rodeado por 40 colunas dóricas neoclássicas. Originalmente projetado para funcionar como entrada para a tumba de George Washington — antes de sua família se recusar a permitir que seu corpo fosse trasladado para lá —, ele agora abriga um museu e uma loja de suvenires. Um compasso de mármore está gravado no piso da cripta, marcando o ponto central do distrito de Colúmbia, de onde os quatro quadrantes de Washington, D.C. se originam.

Kryptos

Como os leitores de *O símbolo perdido* já sabem, nas imediações do quartel-general da CIA, em Langley, encontra-se uma escultura chamada *Kryptos*. Feita pelo artista americano James Sanborn, a *Kryptos* é, na verdade, uma série de esculturas, embora a mais conhecida entre elas seja uma grande tela vertical de cobre em forma de "S", inscrita com 865 caracteres, na qual quatro mensagens diferentes estão cifradas, cada uma com seu próprio código. Sanborn revelou que há um enigma aí, resolvido apenas após os quatro trechos cifrados serem decifrados. Desde sua inauguração, em 1990, três dos quatro códigos já foram decifrados, enquanto o quarto permanece sem solução.

Aparentemente, Dan Brown, aficionado confesso pela criptografia, se interessa há muito tempo pela história da *Kryptos*. Na verdade, alguns rumores anteriores indicaram que ele trabalhara juntamente a Sanborn em parte de *O símbolo perdido*. É interessante observar que alguns relatos sobre *Kryptos* afirmam que Sanborn "colaborou com um autor de ficção importante na composição do texto a ser cifrado", mas, desde então, ele próprio disse que, embora tenha considerado essa ideia ao começar a escultura, decidiu "não levá-la adiante. Por que deixar alguém mais conhecer o segredo?". No entanto, vale destacar também que *Kryptos* foi criada bem antes de Dan Brown começar a escrever ficção, sendo inaugurada em 1990 — e em uma entrevista para a *Wired Magazine*, antes da publicação de *O símbolo perdido*, disseram que

Sanborn estava "profundamente irritado" com a possibilidade de a *Kryptos* ser usada como um elemento na trama do novo romance.

As soluções para os três primeiros enigmas são:

Solução 1: "Entre a sombra sutil e a ausência de luz reside a nuance de Iqlusion (inclusão)* [*sic*]."

Solução 2: "Era totalmente invisível de que forma isso era possível? Eles usaram o campo magnético da Terra. As informações foram reunidas e transmitidas subterranamente* [*sic*] para um local desconhecido. Langley sabe disso? Eles deveriam, pois está enterrada lá em algum lugar. Quem sabe a exata localização? Apenas WW foi sua última mensagem. Trinta e oito graus, 57 minutos, 6,5 segundos a norte, 77 graus, 8 minutos, 44 segundos a oeste. Camada 2.

Solução 3: Vagarosamente dessperdamente* [*sic*] vagarosamente os restos de detritos da passagem que se amontoavam na parte inferior do portal foram removidos por mãos trêmulas fiz uma brecha mínima no canto superior esquerdo e depois ampliei o buraco um pouco, inseri a vela e espreitei o ar quente que escapava da câmera e fazia a chama tremeluzir, mas nesse instante os detalhes da sala emergiram da neblina. Você consegue enxergar alguma coisa?

Em uma entrevista para a televisão, conduzida muito antes de *O símbolo perdido* ser publicado, Dan Brown — quando perguntado sobre a escultura — respondeu que ela "se refere a antigos mistérios". Sem dúvida, a opinião do autor deriva da terceira solução, que é uma paráfrase do relato de Howard Carter sobre a abertura da tumba de Tutankhamon, em seu livro de 1923, *A descoberta da tumba de Tutankhamon.*

---

* Grafia propositalmente errada. (*N. da E.*)

Sem mencionar que o pensamento de Mal'akh sobre a pirâmide perdida — "está enterrada lá em algum lugar" — é uma citação direta do segundo trecho da *Kryptos*.

A maioria das pessoas presumiu que os "WW", citados na segunda solução, se referiam ao diretor da CIA na época da inauguração da escultura, William Webster. A CIA, sem dúvida, desconfiada da possibilidade de uma mensagem embaraçosa ter sido cifrada pelo artista, insistiu que Sanborn entregasse a Webster um envelope contendo o código e a mensagem. Logo, WW certamente deveria conhecer a solução. Outros duvidaram de que a resposta seria tão fácil e continuaram a buscar outras opções — alguns até ressaltaram que WW, virado de cabeça para baixo, vira MM, as iniciais de Maria Madalena, um nome importante em *O código Da Vinci*. Entretanto, James Sanborn disse categoricamente que essa não é a solução, e — se acreditarmos nele — confirmou que WW refere se, na verdade, a Webster.

Uma lista infinita de possibilidades

Há inúmeros outros lugares em Washington, D.C. que Dan Brown poderia facilmente ter inserido na trama de *O símbolo perdido*. Realmente, ao situar o romance na capital dos Estados Unidos o autor deparou com um excesso de opções no que se refere a marcos esotéricos — os quais tornam a escolha do Jardim Botânico um tanto estranha. Por exemplo, é curioso o número de locais na capital que foram batizados em homenagem a nomes de lugares egípcios, como Alexandria, por exemplo. Ainda melhor, em Washington, D.C. há também um bairro e uma estação de metrô chamados Rosslyn! Visto que o desfecho de *O código Da Vinci* acontece na enigmática Capela de Rosslyn, na Escócia, e a proximidade desse homônimo do National Mall — situado logo do outro lado do Potomac —, é surpreendente que Rosslyn não tenha sido mencionado em *O símbolo perdido*, ao menos brevemente. Há também várias "coincidências" que poderiam ter sido lembradas por serem de interesse histórico: por exemplo, a cerimônia de colocação da pedra fundamental da Casa Branca foi realizada em 13 de outubro, o dia da vergonha dos Templários.

É natural que a capital dos Estados Unidos esteja repleta de monumentos — alguns deles bem conhecidos, outros menos —, que exibem simbolismo esotérico. Por exemplo, na central do Internal Revenue Service (equivalente à Receita Federal no Brasil) há algumas esculturas exóticas cercando-a, tal como uma pequena pirâmide na entrada e uma mão com um dedo apontando para o céu — um gesto que recebeu bastante atenção no livro de Picknett e Prince, *The Templar Revelation,* como uma "insígnia" de Leonardo da Vinci, e o qual Dan Brown incluiu em *O código Da Vinci.*

Vamos terminar com uma pequena lista de alguns dos locais mais obscuros que poderiam figurar em *O símbolo perdido* devido a suas semelhanças com os ambientes que figuram nos mistérios anteriores de Robert Langdon:

- O prédio do Departamento de Comércio, no qual David Ovason correlaciona Mineração, Pescaria, Comércio e Aeronáutica, presentes em certos arcos com os elementos Terra, Água, Fogo e Ar — tema central de *Anjos e demônios.*
- Um monumento ao presidente assassinado James Garfield, próximo ao Capitólio, que inclui simbolismo maçônico.

- Uma escultura de mármore dentro do Capitólio, chamada *The Car of History*, esculpida por Carlo Franzoni em 1819, que ilustra uma deusa em uma carruagem cercada por símbolos astrológicos.
- *Freedom*, a estátua de 6 metros de altura em cima da cúpula do Capitólio, esculpida pelo francomaçom Thomas Crawford.
- A estátua do patriarca do Rito Escocês e general confederado Albert Pike, que fica na esquina das ruas 3ª e D Noroeste. Conforme mencionado anteriormente, tal monumento esteve recentemente no centro de uma controvérsia em função de boatos de que ele teria sido um dos fundadores da Ku Klux Klan.

Se você deseja obter mais informações detalhadas sobre a arquitetura esotérica de Washington, D.C. consulte o livro de David Ovason e também a obra mais recente de Christopher Hodapp, *Solomon's Builders*, escrita sob a perspectiva de um maçom — e com o romance de Dan Brown em mente. Neste momento, no entanto, deixaremos esse assunto de lado e começaremos a nos aprofundar nas teorias da conspiração maçônica e no estranho simbolismo do Grande Selo dos Estados Unidos.

CAPÍTULO 5

UMA CONSPIRAÇÃO MAÇÔNICA?

O Grande Selo dos Estados Unidos tem sido, provavelmente, o objeto de mais teorias da conspiração se comparado a qualquer outro símbolo nacional. O selo de dupla face exibe na frente uma águia segurando uma flecha e ramos de oliveira. Atrás, encontramos a imagem mais controversa: uma pirâmide truncada com um "olho que tudo vê" como sua pedra angular — um símbolo que muitos associaram a uma conspiração encabeçada pelos Illuminati.

Todas as vezes que o Grande Selo é mencionado em *O símbolo perdido* Dan Brown o faz descartando as ideias promulgadas pelos "teóricos da conspiração". No entanto, é interessante observar que tal objeto de estudo fez uma breve aparição em *Anjos e demônios*, o primeiro livro protagonizado por Robert Langdon; naquela época, o autor o considerou um símbolo dos Illuminati, afirmando que ele tinha sido colocado na nota do dólar pelos francomaçons! Além disso, quando perguntado, há muitos anos, se ele achava que esses símbolos tinham a ver com os Estados Unidos, Brown respondeu...

> *(...) absolutamente nada, o que torna sua presença em nosso dinheiro tão extraordinária (...) o olho dentro de um triângulo é um símbolo pagão adotado pelos Illuminati que significa a capacidade da irmandade de se infiltrar e ver todas as coisas.*

Parece que tanto os pontos de vista de Dan Brown quanto os de Robert Langdon sobre os temas de conspiração do Grande Selo mudaram bastante na última década!

Esse tópico também pode ser avaliado em outro livro de David Ovason. *The Secret Symbols of the Dollar Bill* (Os símbolos secretos da nota de dólar) fornece informações abrangentes sobre o simbolismo do selo e sua posterior incorporação à cédula do dólar americano. O autor esotérico Manly Hall também discute o Grande Selo em algumas de suas obras, e logo também veremos o que ele tem a dizer. Para finalizar, examinaremos a possibilidade de o emblema encapsular a ideia da "Nova Atlântida", de Francis Bacon, e de que ela ainda pode ser o objetivo de alguns dos que estão no poder atualmente — mais de 200 anos após a Declaração de Independência.

A HISTÓRIA DO GRANDE SELO

Antes de encerrar os trabalhos no dia histórico de 4 de julho de 1776 o Congresso Continental afirmou uma resolução solicitando a formação de um comitê para que um brasão em homenagem aos Estados Unidos recém-independentes fosse elaborado. Os membros escolhidos foram Benjamin Franklin, John Adams e Thomas Jefferson — três dos cinco homens que trabalharam na Declaração de Independência, dois dos quais se tornariam presidentes. Entretanto, foram necessários outros seis anos, mais dois comitês e 14 homens empregados para que o Grande Selo dos Estados Unidos se tornasse realidade.

Inicialmente, o primeiro comitê formado por Franklin, Adams e Jefferson elaborou desenhos com temas bíblicos e clássicos, incluindo *Children of Israel in the Wilderness*,[77] mas sem grande sucesso. Eles, então, empregaram os serviços do talentoso pintor francês Pierre Eugene du Simitiere, que tinha alguma experiência em desenhar brasões. Entretanto, o desenho trabalhado por esse artista foi rejeitado pelo Congresso em 20 de agosto de 1776, embora algumas características tenham se tornado parte do brasão oficial posteriormente — o notório Olho da Providência dentro de um triângulo e o lema *E Pluribus Unum*.[78]

Quatro anos depois um segundo comitê foi designado para assumir o desenho do Grande Selo. Eles solicitaram a Francis Hopkinson, que contribuíra para o desenho da bandeira americana e do grande brasão do estado de Nova Jersey, que servisse de consultor do projeto. No entanto, o Congresso também rejeitou esse desenho. Porém, como na tentativa anterior, algumas características foram mantidas nos desenhos seguintes: as 13 listras vermelhas e brancas no escudo empunhado pela águia, a constelação de 13 estrelas com seis pontas e o ramo de oliveira como um símbolo da paz.[79]

Em maio de 1782 o Congresso designou um terceiro comitê para continuar o desenho. Eles o fizeram com máxima eficiência — repassando prontamente o trabalho para um advogado da Filadélfia, William Barton. Este acrescentou a importante figura da águia ao desenho e também desenhou a pirâmide enigmática encontrada no verso do selo, combinando-a com o Olho da Providência herdado do primeiro comitê. Barton trabalhou rapidamente, e o terceiro comitê entregou seu relatório ao Congresso apenas cinco dias após ter sido designado.

No entanto, o sempre exigente Congresso ainda não estava satisfeito, e o projeto se tornou responsabilidade de Charles Thomson, secretário do Congresso. Embora não fosse um exímio artista, Thomson foi capaz de juntar as diversas características em um desenho aceitável, ao mesmo tempo acrescentando os lemas latinos *Annuit Coeptis* e *Novus Ordo Seclorum* no verso do selo. Então, o secretário empregou Barton novamente para terminar o trabalho artisticamente e, por fim, o Grande Selo dos Estados Unidos foi aceito, em 20 de junho de 1782.

A FACE DO SELO

A face do Grande Selo exibe hoje uma águia-de-cabeça-branca com as asas abertas. A pata esquerda segura um feixe de flechas, enquanto na direita encontramos um ramo de oliveira — a cabeça da águia está virada para a sua direita, interpretando a preferência dos Estados Unidos pela paz, embora sempre estejam preparados para a guerra, caso necessário. Apesar de os Estados Unidos não terem um brasão oficial, a imagem da águia é frequentemente usada em seu lugar.

Manly Hall, em *The Secret Teachings of All Ages* (Os ensinamentos secretos de todas as idades), afirma que o pássaro retratado no selo original não era, na verdade, uma águia, mas a fênix mitológica. Para fazer essa afirmação ele se baseou na pequena crista de penas que se ergue da parte de trás da cabeça da águia, semelhante às descrições egípicias da fênix. Hall diz:

> *Nos Mistérios, era costume se referir aos iniciados como "fênices" ou "homens que nasceram novamente" (...) nascidos na consciência do mundo espiritual.*[80]

De acordo com Manly Hall, a "mão dos mistérios" esteve envolvida na fundação dos Estados Unidos, e o Grande Selo funciona como sua assinatura. Entretanto, o autor admite que apenas estudantes de simbolismo teriam capacidade para enxergar através do subterfúgio da afirmação atual de que o pássaro é uma águia. Hall está, no mínimo, parcialmente correto ao dizer isso, visto que um dos primeiros desenhos — feito por William Barton — mostra claramente uma fênix sentada em seu típico ninho de chamas. Continuaremos a chamá-la de águia para simplificar, mas vale a pena manter as assertivas de Hall em mente.

A águia segura com o bico uma flâmula em que se lê *E Pluribus Unum*, que significa "De muitos, Um". Essa é uma referência à união das 13 colônias originais nos Estados Unidos da América — apropriadamente, a frase em latim contém 13 letras. Mas é provável que isso seja mais do que uma coincidência, pois tal número é, na verdade, encontrado por todo o Grande Selo: há 13 flechas na pata esquerda da águia; o escudo é composto por 13 listras; e, sobre a águia, há 13 estrelas. Lembre-se também de que a pirâmide no topo da Casa do Templo e o *pyramidion* em cima do Monumento a Washington são constituídos por 13 níveis, e Washington é acompanhado por 13 virgens no *Apotheosis of Washington,* de Brumidi. Talvez devesse ser observado, então, que 13 é também um "número do poder" na francomaçonaria.

Um ponto destacado pelos teóricos da conspiração é que as 13 estrelas sobre a cabeça da águia estão dispostas de modo a formar o "Selo de Salomão", um hexagrama também conhecido como a "Estrela de Davi". Com frequência essa ideia leva a acusações fantásticas de uma conspiração judaica, embora alguns pesquisadores tenham indicado que o especialista em finanças Haym Solomon pode ter se envolvido na disposição dessa "constelação". Curiosamente, as estrelas individuais no hexagrama tinham seis pontas originalmente, mas foram transformadas em pentagramas em algum momento.[81]

Já registramos o simbolismo do pentagrama, mas há uma observação adicional que vale mencionar. Em *The Secret Symbols of the Dollar Bill* David Ovason levantou a hipótese de que o primeiro uso oficial da estrela de cinco pontas na América do Norte pode ter sido resultado de um pedido feito por ninguém menos do que Francis Bacon.[82]

O verso do Selo

Se a face do Grande Selo causa algum espanto, o verso é um verdadeiro banquete para os teóricos da conspiração. O motivo primário do lado de trás do Selo é uma pirâmide inacabada que consiste em 13 níveis de maçonaria. Alguns dizem que a imagem é muito semelhante às pirâmides da América Central. É mais provável, no entanto, que seja uma ilustração simplificada da Grande Pirâmide de Gizé, no Egito. Essa maravilha do mundo antigo, que tem cerca de 150 metros de altura, também não possui uma parte superior. No entanto, ela é constituída por muito mais do que 13 níveis de maçonaria!

Na base da pirâmide, o ano 1776 está inscrito em numerais romanos. Diz-se que seria uma referência à data da Declaração de Independência dos Estados Unidos. No entanto, para os teóricos da conspiração, a data possui um segundo significado: em 1º de maio de 1776, Adam Weishaupt formou a Ordem dos Illuminati da Bavária. Essa é apenas uma das evidências que é interpretada como uma comprovação de que o Selo é um emblema da irmandade dos Illuminati.

Acima da pirâmide truncada paira o chamado "Olho da Providência", dentro de um triângulo. Brown diz que essa parte específica é "simbólica do desejo dos Illuminati de provocar uma 'mudança esclarecida', do mito da religião para a verdade da ciência". Entretanto, outros — inclusive os maçons, curiosamente — afirmam que a combinação da pirâmide com o olho não era um tema francomaçônico na época, e que essa associação provavelmente surgiu em 1884, quando um professor de Harvard, Eliot Norton, escreveu que o emblema era...

> *(...) praticamente incapaz de tratamento eficaz; ele quase não consegue — por mais artisticamente tratado que seja pelo desenhista — parecer algo diferente de um emblema pouco interessante de uma fraternidade maçônica.*[83]

A afirmação que Norton forneceu ao contexto maçônico do desenho do Grande Selo está, certamente, equivocada, se não for falsa. David Ovason destaca várias contradições — um dos que usaram o Olho que Tudo Vê pela primeira vez foi o francomaçom e fundador da Sociedade Real, Robert Moray.[84] O brasão pessoal dele, que pode ser encontrado em sua correspondência particular, possui um olho radiante no centro — e incidentalmente também exibe uma estrela de cinco pontas. A pirâmide era uma imagem comum nos templos maçônicos no início do século XVIII, e um panfleto maçônico, datado de 1757, da Casa Maçônica de Filadélfia nº 2, retrata claramente tal olho.

Além disso, há mais ligações diretas entre o Olho que Tudo Vê e os pais fundadores dos Estados Unidos. Como Ovason destaca em *The Secret Architecture of Our Nation's Capital*, é quase certo que Benjamin Franklin conhecesse o trabalho do maçom francês Theodore Tschoudy, que simbolizou a maçonaria francesa através de uma estrela de cinco pontas flamejante que exibia o Olho que Tudo Vê em seu interior.[85] E se alguém ainda tem alguma dúvida sobre os pais fundadores dos EUA terem estado "envolvidos" com o simbolismo maçônico do Olho que Tudo Vê, gostaria de pedir gentilmente que os céticos procurem a imagem do avental maçônico do Irmão George Washington e a examinem.

Dois motivos aparecem no verso do Selo. Em sua parte superior, vemos a frase latina *Annuit Coeptis*, que é geralmente traduzida como "Ele favorece nossa empreitada". Contornando o verso, encontra-se a frase *Novus Ordo Seclorum*, que significa "Uma nova ordem das épocas". Observe que dois dos três motivos latinos no Grande Selo são constituídos por 13 letras. Além disso, no entanto, também há um olho aberto geométrico inesperadamente revelado nos dois lemas escritos no verso do Grande Selo, embora não se saiba se ele foi colocado lá de propósito ou se é simplesmente uma bizarra coincidência. Entretanto, Dan Brown o achou suficientemente interessante para incluí-lo em *O símbolo perdido*.

Os que possuem um olhar aguçado descobriram que um hexagrama, ou o Selo de Salomão, pode surgir na parte superior desse lado do Selo. Se circundarmos o "A" de "Annuit", o "s" de "Coeptis", o "N" de "Novus", o último "o" em "Ordo" e o "m" em "Seclorum", teremos cinco pontos quase equidistantes, não fosse por um grande espaço. Fica muito óbvio que, se fizermos outro círculo ao redor do "Olho que Tudo Vê", ele formará seis pontos a partir dos quais um hexagrama pode ser construído. Embora a possibilidade de encaixar tão claramente um hexagrama no selo já seja interessante, é mais excitante olharmos as letras que circulamos para fazê-lo — A, S, N, O e M. Qualquer um com certa habilidade para construir anagramas verá que há uma possibilidade muito relevante nesse conjunto de letras — a palavra MASON (maçom em português). A questão é: isso foi intencional? Pode valer a pena observar que várias pessoas envolvidas na criação do Grande Selo — inclusive o presidente do segundo comitê, James Lovell, e Thomas Jefferson — eram exímias criptógrafas. No entanto, é claro que essa não é uma prova de que o anagrama MASON tenha sido de propósito... e Dan Brown parece pensar que todo esse alarde é injustificado.

Um último ponto nessa discussão dos lemas latinos: também devemos observar que há certa confusão na tradução da palavra *seclorum* — a opinião ortodoxa é a de que ela surgiu com o poeta clássico Virgílio, em cujo contexto a palavra significava "por todo o tempo" ou "por todas as épocas". No entanto, outros — incluindo Dan Brown — associaram a palavra ao moderno "secular" e sua oposição a "religioso". Nas palavras do próprio Brown, *Novus Ordo Seclorum* é um "chamado claro aos seculares ou aos não religiosos". Esse tema se associa bem com a tradição rosacrucianista que perpassa Francis Bacon e a subsequente "Sociedade Real", indo até Benjamin Franklin, Thomas Jefferson e Thomas Paine — todos cientistas e deístas. A questão é: essa tradição sobreviveu até os tempos modernos?

A ESTRELA MAIOR DO ANTICRISTO

Qualquer sociedade secreta, naturalmente, está fadada a ser objeto de rumores e acusações. Acrescente-se a isso algum sopro de pensamento mágico ou hermético e aqueles que possuem um ponto de vista "ortodoxo" afirmarão se sentirem ameaçados. A maçonaria não é diferente: logo no início de 1698, quase duas décadas antes do início "oficial" da francomaçonaria, encontramos panfletos alertando sobre o perigo oferecido pela entidade:

> *Pois essa seita demoníaca é constituída por aqueles que se reúnem em segredo e que estão contra todos que não são seus seguidores. Eles representam o Anticristo que viria para guiá-los para longe do temor a Deus. Ou por que razão eles se encontrariam em lugares e com sinais secretos cuidando para que ninguém os observasse fazer o Trabalho de Deus? Não são esses os Caminhos do Mal?* [86]

As bulas pontifícias que condenavam a francomaçonaria em meados do século XVIII teriam servido apenas para aumentar o temor de conspirações na consciência pública. Assim, no final do século XVIII, a derrubada dos britânicos nas colônias norte-americanas e da monarquia na França — pelo menos parcialmente influenciada por maçons conhecidos — teria criado um inferno. Em certos círculos, a execução do rei da França foi vista como uma vingança dos Templários por conta da morte de seu último mestre, Jacques de Molay.

Vários livros apareceram imediatamente após o início da Revolução Francesa, acusando os francomaçons de liderar a ação. Então, em 1797 surgiu o que pode ser considerado o livro "antimaçônico" mais influente dos últimos dois séculos: *Mémoires pour servir à l'histoire du jacobinisme* (Memória para uso na história do jacobinismo), do abade Augustin de Barruel. Educado por jesuítas, Barruel afirmou ter sido iniciado como um mestre maçom, mas não fez um voto de sigilo e, portanto, achou que poderia avisar ao público dos supostos perigos da confraria. Por outro lado, alguns podem ficar tentados a ver a mão da ordem jesuítica no ataque desse livro à francomaçonaria.

Ao mesmo tempo, na Escócia, um professor de filosofia natural da University of Edinburgh começou a escrever um livro sobre a "conspiração maçônica". John Robison fora iniciado como maçom no início da década de 1770, mas logo perdeu o interesse e deixou de ser membro. No entanto, os eventos das duas décadas seguintes o levaram a reexaminar as aspirações de seus antigos irmãos, e como resultado ele publicou o *Proofs of a Conspiracy against all the Religions and Governments of Europe, Carried on in the Secret Meetings of Freemasons, Illuminati, and Reading Societies (Provas de uma conspiração contra todas as religiões e governos da Europa, exercida em reuniões secretas dos francomaçons, dos Illuminati e de sociedades eruditas).* Grande parte do material usado hoje pelos teóricos da conspiração deriva dos trabalhos de Barruel e Robison, embora muito do seu conteúdo não pareça mostrar nada além de insinuações e rumores.

A ameaça de uma conspiração dos Illuminati estava presente na mente de muitas pessoas no mundo inteiro, e até George Washington tomou conhecimento dela. Em resposta a uma carta que recebera relativa ao livro de Robison, Washington defendeu a francomaçonaria, embora também pareça ter apresentado por engano seu envolvimento com as lojas maçônicas:

> *Ouvi muito sobre doutrinas e planos nefastos e perigosos dos Illuminati, mas nunca tinha lido o livro até que você gentilmente o enviou para mim (...) O fato é que não presido qualquer loja inglesa, nem estive em uma mais de uma ou duas vezes nos últimos 30 anos. Acredito, porém, que nenhuma das lojas neste país está*

contaminada com os princípios atribuídos à sociedade dos Illuminati.

Em uma segunda carta, Washington continua a falar sobre a reputação dos Illuminati:

Não era minha intenção colocar em dúvida que as doutrinas dos Illuminati e os princípios do jacobinismo se espalharam nos Estados Unidos. Pelo contrário, ninguém está mais verdadeiramente convencido desse fato do que eu.

A ideia que eu pretendia transmitir era a de que eu não acreditava que as lojas dos francomaçons neste país tinham, enquanto sociedades, se empenhado em propagar as ideias diabólicas dos primeiros, ou os princípios perniciosos dos últimos — se eles são suscetíveis à separação. O fato de que alguns indivíduos possam ter feito isso, ou de que o fundador, ou o instrumento empregado para esse fim, das Sociedades Democráticas nos Estados Unidos, pode ter tido esses objetivos — e realmente houve uma separação do povo de seus governos vigentes —, isso é evidente demais para ser questionado.

As cartas de Washington são uma ilustração gráfica da febre conspiratória que os livros de Barruel e Robison gerara. Por toda a Europa, monarquias amedrontadas reprimiram sociedades e fraternidades secretas para minimizar a possibilidade de se tornarem a "próxima França". Entretanto, nos Estados Unidos, uma grande controvérsia irromperia em três décadas e mudaria a cara da francomaçonaria.

Em 1826, um homem chamado William Morgan iniciou uma disputa com as lojas maçônicas na região de Nova York. Por vingança, ele começou a trabalhar em uma revelação da seita, o que causou distúrbios na comunidade francomaçônica local. Em 10 de setembro de 1826, logo após ter recebido os direitos autorais de seu livro, *Illustrations of Masonry* (Explicações da maçonaria), a gráfica de sua editora pegou fogo. No dia seguinte, Morgan, acusado de um pequeno roubo, foi preso. Posteriormente, após ter sido libertado por falta de provas, Morgan foi imediatamente preso de novo, por dívidas. Um dia depois ele foi raptado da prisão no meio da noite e nunca mais foi visto.

Alguns dizem que Morgan foi assassinado, enquanto outros acham que ele foi "reassentado" no Canadá. Seja qual tenha sido seu destino, o impacto sobre a maçonaria foi imenso. As acusações fabricadas, a captura de um homem de uma cela, a investigação superficial do crime e as subsequentes penalidades leves impostas aos sequestradores de Morgan sugeriram uma conspiração. Dadas as ameaças de Morgan à maçonaria e o fato de que dois terços das autoridades em todo o estado de Nova York pertenciam a lojas maçônicas, muitos acharam que a maçonaria ultrapassara seus limites e agora estava controlando o governo, o sistema judiciário e a aplicação da lei. No rastro do caso Morgan, um movimento social antimaçônico surgiu em Nova York, e rapidamente se espalhou por outros estados. A maçonaria foi condenada por ser anticristã e antidemocrática. É igualmente interessante observar a posição tomada pelas mulheres: elas aderiram ao movimento em número significativo, talvez ignorando o fato de a afiliação ser restrita a homens, ou pela ideia de que seus maridos eram proibidos de revelar o segredo para elas.

A influência do movimento antimaçônico cresceu rapidamente, e apenas um ano após o desaparecimento de Morgan ele se tornou o primeiro "terceiro partido" da política norte-americana. Em 1832, o Partido Antimaçônico lançou seu próprio candidato, William Wirt, para presidente dos Estados Unidos, que enfrentou Andrew Jackson e Henry Clay —

ambos maçons. No entanto, Wirt venceu apenas no estado de Vermont, e o desempenho pífio do partido ocasionou sua morte rápida no cenário político nacional. O partido acabou sendo dissolvido em 1843.

O desaparecimento de William Morgan e o subsequente surgimento do sentimento antimaçônico levaram a um declínio rápido da afiliação e da visibilidade maçônica. Foram necessárias mais de duas décadas para que o movimento se recuperasse da derrocada.

No entanto, a maçonaria nunca se livraria por completo da aura de conspiração. No fim do século XIX, uma peça notória foi pregada por um certo Leo Taxil — nome fictício de Gabriel Jogand-Pagès. Após publicar material anticlerical — incluindo a revelação da vida amorosa do papa Pio IX — durante o início da década de 1880, Taxil repentinamente se tornou o queridinho da Igreja Católica quando começou a escrever livros atacando a francomaçonaria. Taxil falou de rituais secretos nos quais Lúcifer seria cultuado; lojas femininas sendo usadas como bordéis maçônicos e uma trama maçônica, conhecida como Palladium, que pretenderia dominar o mundo. Tais publicações, em associação com um escritor cúmplice conhecido como "Doutor Bataille", se tornaram famosas no mundo inteiro, muito embora, como Jay Kinney diz em seu excelente livro *The Masonic Myth* (O mito maçônico), o par "tenha adentrado tanto o reino do inacreditável que seus ávidos leitores católicos deveriam ter desconfiado de que se tratava de uma fraude". Por exemplo, Bataille fala de um sistema telefônico mágico usado pelos líderes do Palladium, chamado Arcula Mystica (a Caixa Mística):

Quando o chefe dogmático supremo deseja se comunicar, por exemplo, com o chefe de ação política, ele pressiona a Estatueta Ignis e a

Estatueta Ratio com um de seus dedos: elas afundam em suas tomadas e no mesmo instante um assovio forte é ouvido em Roma, no escritório em que Lemmi mantém sua Arcula Mystica; Lemmi abre sua caixa e vê a estatueta de Ignis afundada, enquanto chamas mínimas e inofensivas surgem da garganta do sapo prateado. Então, ele sabe que o pontífice soberano de Charleston deseja falar com ele.

Taxil foi afinal descoberto como o farsante que era, e em 1897 confessou publicamente que a história inteira era uma farsa. Isso não impediu, contudo, que seus livros se tornassem a maior fonte de literatura antimaçônica durante todo o século passado.

A "Ordem do Novo Mundo" em seu bolso

Se o caso Morgan veio a dominar os pensamentos sobre a conspiração maçônica no século XIX, então o século XX pode se vangloriar de seu próprio momento definidor. Curiosamente este se destaca pela reemergência das figuras esotéricas do Grande Selo. Em 1934, o secretário da Agricultura dos Estados Unidos, Henry Wallace, se interessou pela iconografia misteriosa do Selo. Há uma boa razão para isso, pois Wallace era um francomaçom misticamente orientado e iniciado no 32º grau do Rito Escocês, afiliado à entidade do Rito Escocês do Distrito de Colúmbia.[87]

Wallace decidiu mostrar o Selo ao presidente Franklin Roosevelt. Ele descreveu o encontro:

Roosevelt (...) foi primeiro surpreendido pela representação do Olho que Tudo Vê — uma representação maçônica do Grande

Arquiteto do Universo. Em seguida, ele ficou impressionado com a ideia de a fundação de uma nova ordem dos tempos ter sido iniciada em 1776, mas só ter sido completada sob o olhar do Grande Arquiteto. Roosevelt, como eu, era maçom do 32º Grau. Ele sugeriu que o Selo fosse colocado na cédula do dólar.[88]

Embora também fosse um francomaçom, o secretário do Tesouro na época, Henry Morgenthau, aparentemente não gostou da inclusão do simbolismo esotérico. "Não foi tarde que aprendi que a pirâmide (...) tinha algum significado cabalístico para os membros de uma pequena seita religiosa", Morgenthau escreveu posteriormente.[89] Desde então, porém, essa mudança controversa tem estado no centro das alegações conspiratórias maçônicas. Henry Wallace veio a se tornar vice-presidente dos Estados Unidos. Roosevelt, o 32º presidente e um maçom do 32º grau, foi sucedido por Harry Truman, o 33º presidente e um maçom do 33º grau.[90]

Wallace foi um personagem fascinante. Criado em Des Moines, Iowa, como presbiteriano, veio a explorar a astrologia, a reencarnação, a francomaçonaria, religiões orientais, o misticismo americano, a teosofia e o ocultismo. Em suas palavras, Wallace era aquele que "buscava métodos para interiorizar a 'luz interior' e levar a manifestação exterior para a luz interna". Ele também foi, na opinião do historiador Arthur Schlesinger, Jr., "o melhor secretário de Agricultura que o país já teve".[91]

Wallace também falou do conceito familiar de uma "Ordem do Novo Mundo", assunto que certamente desperta a atenção dos teóricos da conspiração. Lynn Picknett e Clive Prince — autores de um dos livros favoritos de Dan Brown, *A revelação dos Templários* — destacam em *The Stargate Conspiracy* (A conspiração Stargate) o que Wallace disse em 1934:

Será preciso um reconhecimento mais específico do Grande Arquiteto do Universo antes de a pedra fundamental ser finalmente colocada no lugar, e para essa nação, na força total de seu poder, estar em uma posição para assumir a liderança entre as nações na inauguração da "nova ordem dos tempos".[92]

Por volta da mesma época em que Wallace fez essa afirmação o famoso curador psíquico Edward Cayce tinha para dizer o seguinte, em uma de suas "leituras":

O americanismo, junto ao pensamento universal que é patente e manifesto na irmandade do homem no pensamento coletivo, conforme expresso pela ordem maçônica, terá o domínio na resolução dos eventos no mundo.[93]

Em um relatório de 1973 patrocinado pelo governo, a francomaçonaria é recomendada como um tônico para diversas mudanças que ocorriam na sociedade norte-americana. Mais tarde, o autor do relatório, Willis Harman, escreveu sobre o Grande Selo:

Os símbolos específicos associados com o nascimento da nação possuem um significado a mais. É sob esses símbolos, além de princípios e objetivos, entendidos apropriadamente, e nenhum outro, que os pontos de vista diferentes na nação podem ser reconciliados em última instância.[94]

Desnecessário dizer que os teóricos da conspiração e os fundamentalistas religiosos ficaram um tanto histéricos por causa do Grande Selo. O evangélico televisivo Pat Robertson afirmou em *The New World Order* (A nova ordem do mundo), de 1991, que o Selo era uma prova evidente de uma conspiração dos francomaçons para que um governo global anticristão fosse criado; uma "ordem mundial sob uma religião misteriosa projetada para substituir a velha ordem cristã mundial da Europa e da América". Só nos resta imaginar o que Robertson pensaria de *O símbolo perdido*!

As afirmações de Henry Wallace referentes à pedra angular ser "colocada no lugar" teriam um epílogo peculiar na virada do milênio. Após uma pedra angular dourada ter sido cerimoniosamente colocada no obelisco egípcio que repousa na Place de la Concorde, em Paris, em 1998, o ministro da Cultura do Egito anunciou que uma cerimônia semelhante aconteceria na Grande Pirâmide de Gizé, à meia-noite, na véspera do ano-novo, em 1999. O governo egípcio anunciou que o evento de gala incluiria uma apresentação musical de Jean-Michael Jarre — com um tema relacionado ao zodíaco astrológico —, durante o qual o "Olho de Hórus" seria projetado sobre a pirâmide. À meia-noite, o evento culminaria com um helicóptero colocando uma pedra angular dourada na Grande Pirâmide, para completá-la simbolicamente. Logo, no local sagrado, a primeira luz da "Nova Era" atingiria a parte superior antes de qualquer outra coisa, e de maneira semelhante à discussão de Dan Brown sobre a pedra angular do Monumento a Washington, em *O símbolo perdido.*

A ideia era extremamente polêmica — ela sugeriria, simbolicamente, que a humanidade se tornara perfeita. Assim como há falhas na construção da Catedral Nacional de Washington para mostrar que somente Deus é perfeito, também os textos esotéricos apontam erros — tais como *Secret Teachings of All Ages,* de Manly Hall. Dizem que a Grande Pirâmide foi deixada inacabada devido a "uma tendência curiosa dos construtores de grandes edifícios religiosos a deixar suas criações por terminar, significando, assim, que somente

Deus é completo". Nas palavras de Hall, "como um bloco áspero e inacabado, o homem é extraído da pedreira e, por meio da cultura secreta dos Mistérios, gradualmente transformado em uma pedra angular piramidal perfeita e adequada. O templo está completo apenas quando o próprio iniciado se torna o ápice vivo através do qual o poder divino é focado na estrutura divergente abaixo dele".

Em seu livro de 1996, *Temple of the Cosmos* (Templo do cosmos), Jeremy Naydler detalha uma história específica sobre o significado de a pedra angular ser colocada sobre a pirâmide. Ela poderia muito bem ser a fonte do mito recontado em *O símbolo perdido,* sobre uma "pirâmide enterrada", visto que compartilha vários elementos:

> *Originalmente, a Grande Pirâmide de Quéops tinha sua pedra angular no lugar. Era folheada a ouro, e em cada um de seus quatro lados um olho azul de Hórus foi pintado. Quando a luz do sol batia na pirâmide, um raio refletia desse olho azul dourado, podendo ser visto a quilômetros. Quando a era egípcia terminou, os sacerdotes removeram a tal pedra e a enterraram secretamente. Ninguém sabe onde. Mas, de acordo com a história, um dia ela será descoberta e recolocada no topo da pirâmide. Quando esse dia chegar, uma "nova ordem dos tempos" será estabelecida, a qual corresponderá a um despertar espiritual geral.*

O tema explicitamente maçônico do evento milenar egípcio foi impressionante, tendo em vista que a maçonaria é ilegal naquele país — sem mencionar que, sendo a população predominantemente mulçumana, a data de 2000 d.C. estabelecida pelos cristãos era muito menos significativa do que nos países ocidentais. Logo, começaram a surgir rumores de que o evento fora encenado pelos maçons para anunciar o começo de uma Nova Ordem Mundial, à qual o ex-presidente George H.W. Bush aludira durante seu mandato.

O chefe do complexo da pirâmide de Gizé, dr. Zahi Hawass, desprezou as insinuações de que o evento estava ligado às suas conexões pessoais com o grupo americano da Nova Era, a Associação para Pesquisa e Esclarecimento (ARE, na sigla em inglês). Em vez disso, Hawass disse que o evento tinha sido baseado em indícios de que os antigos egípcios realizavam uma grande celebração ao terminar a construção de uma pirâmide, colocando a pedra angular no lugar. Ele recebeu pouco apoio dos colegas arqueólogos egípcios, que afirmaram não haver provas que corroborassem suas afirmações. Ali Radwan, que encabeçava a Organização de Antiguidades Egípcias, fez uma declaração em nome do Departamento de Monumentos Egípcios da Cairo University alertando sobre "rituais religiosos ou maçônicos estranhos que poderiam ser praticados por ocasião do milênio". Quando a imprensa egípcia tomou conhecimento da história e a opinião pública foi influenciada, o evento foi imediatamente cancelado.

Caveira e ossos

Um dos rumores que coincidiram com a controvérsia da pedra angular foi o de que o ex-presidente George H.W. Bush planejara estar presente no complexo de Gizé para as celebrações da virada de milênio. Bush já virara objeto de interesse dos teóricos da conspiração por causa de seu discurso sobre a "Nova Ordem Mundial", mas outra informação foi igualmente tentadora para eles: o ex-presidente também é membro da sociedade Caveira e Ossos, da Yale University, uma organização secreta com nuances nitidamente maçônicas.

A Caveira e Ossos foi fundada em 1832, uma época notável em que a confraria estava em declínio devido ao sentimento antimaçônico que surgiu com o desaparecimento de William Morgan, em 1826. Os membros graduados escolhiam apenas 15 estudantes por ano para se tornarem membros, sendo a filiação vitalícia.

A imagem de uma caveira e de ossos parece derivar originalmente dos Templários. Uma lenda datada do século XII delineia as origens míticas do tema:

> *Uma grande dama de Maraclea foi amada por um Templário, um lorde de Sidon; mas ela morreu ainda jovem, e na noite de seu enterro esse amante perverso rastejou até a sepultura, desenterrou o corpo e o violentou. Então, uma voz saída do vazio o conclamou a retornar nove meses depois, para que ele encontrasse um filho. Ele obedeceu a instrução e, na época marcada, abriu a sepultura novamente e encontrou uma cabeça nos ossos das pernas do esqueleto (a caveira e os ossos cruzados). A mesma voz o mandou "guardá-la bem, pois seria ela quem doaria todas as coisas boas" (...) no devido tempo, ela se tornou um dos bens da Ordem.*[95]

Desde então, essa imagem se tornou intimamente relacionada à francomaçonaria. Além disso, a fraternidade Caveira e Ossos em Yale compartilha um lema comum com os ideais maçônicos: *Memento Mori* (uma frase latina que significa "Lembre que você deve morrer"). O interessante sobre a sociedade Caveira e Ossos, no entanto, é o imenso poder que seus membros possuem, apesar do tamanho da irmandade. Se você gosta de brincar com números, tente este: há quase 300 milhões de pessoas vivas nos Estados Unidos. Ainda assim, os dois candidatos à presidência na eleição de 2004, John Kerry e George W. Bush, eram membros da mesma sociedade secreta que possui aproximadamente 800 membros vivos, apenas a Caveira e Ossos.

O falecido Tim Russert perguntou a cada um dos candidatos sobre essa filiação em seu programa *Meet the Press*, antes da eleição. George W. Bush respondeu:

É tão secreta que não podemos falar sobre ela.[96]

Quando Russert perguntou a John Kerry o significado de ele e Bush serem membros da mesma sociedade secreta, ele respondeu:

Não significa muito, porque é um segredo.[97]

À luz dessa "dupla candidatura" é interessante observar que Antony C. Sutton introduziu seu livro seminal *America's Secret Establishment: An Introduction to the Order of the Skull and Bones* (A fundação do segredo norte-americano: Uma introdução à ordem Caveira e Ossos) destacando a filosofia básica da organização para se atingir o poder absoluto:

Se puder controlar os opostos, você dominará a natureza do resultado.

Além de Bush e Kerry, no entanto — sem mencionar o ex-presidente George H.W. Bush —, há muitos outros "membros" com conexões poderosas no setor financeiro, nas agências de informações e nos corredores da justiça. Alexandra Robbins, autora de *Secrets of the Tomb* (Segredos do túmulo), diz que esse é o objetivo principal da organização: colocar o maior número possível de membros em posições de poder.

Por exemplo, o presidente George W. Bush empregou cinco membros da Caveira e Ossos em seu primeiro mandato.

Um deles foi William Donaldson, o chefe da Comissão de Valores Mobiliários. Certa vez, os membros da sociedade forneceram mais de um terço dos sócios dos peso pesados financeiros Morgan Stanley and Brown Brothers Harriman. Pelo menos 12 membros da Caveira e Ossos estão ligados ao Banco Central, e seus membros também controlam a riqueza das famílias Rockefeller, Carnegie e Ford. Outros filiados merecedores de destaque são o 27º presidente dos Estados Unidos, William Howard Taft, e Henry Luce, o fundador da *Time Magazine*.[98]

A influência da Caveira e Ossos sobre as comunidades de informações e de relações exteriores é especialmente impressionante — alguns até afirmam que os membros foram responsáveis pela criação do "negócio" de informações nos Estados Unidos. A lista de filiados que possuem ligações com a CIA é admirável e inclui o ex-presidente George H.W. Bush, que foi diretor da agência por algum tempo. Considerando a inclusão da *Kryptos* e de vários dos personagens da CIA em *O símbolo perdido*, esse é um fato interessante que vale a pena ter em mente!

Em um telefonema que soa como se viesse diretamente das páginas do romance de Dan Brown, o jornalista investigativo Ron Rosenbaum foi alertado para não investigar os segredos da Caveira e Ossos:

> *Eles não gostam de pessoas que vigiam e se intrometem. O poder dos Ossos é incrível. Eles estão em todos os níveis de poder no país (...) é como tentar investigar a Máfia.*[99]

Além disso, os membros da Caveira e Ossos foram alvo de acusações com relação ao roubo de esqueletos de indivíduos famosos, tais como o do curandeiro americano Geronimo. Por último, vale a pena mencionar que existe uma certa correspondência dessa sociedade com o *Anjos e demônios,* de Dan Brown, visto que há muitos rumores de que os membros são marcados com a caveira e os ossos como parte de sua iniciação. Os leitores lembrarão que em *Anjos e demônios* o matador marca Leonardo Vettra com um ambigrama dos Illuminati.

Os presidentes mortos

Como vimos, a sociedade relativamente pequena da Caveira e Ossos acumulou grande poder e "contribuiu" com três presidentes dos Estados Unidos. A francomaçonaria, que tem muito mais associados, teve ainda mais influência sobre a Casa Branca. Na verdade, pelo menos 16 presidentes foram confirmados como sendo maçons — excluindo os três membros da Caveira e Ossos:[100]

- George Washington, primeiro presidente dos Estados Unidos
- James Monroe, 5º presidente dos Estados Unidos
- Andrew Jackson, 7º presidente dos Estados Unidos
- James Knox Polk, 11º presidente dos Estados Unidos
- David Rice Atchison, presidente *ex-officio* por um dia
- James Buchanan, 15º presidente dos Estados Unidos
- Andrew Johnson, 17º presidente dos Estados Unidos
- James Garfield, 20º presidente dos Estados Unidos
- William McKinley, 25º presidente dos Estados Unidos
- Theodore Roosevelt, 26º presidente dos Estados Unidos
- William Howard Taft, 27º presidente dos Estados Unidos

- Warren Harding, 29º presidente dos Estados Unidos
- Franklin D. Roosevelt 32º presidente dos Estados Unidos
- Harry S. Truman, 33º presidente dos Estados Unidos
- Lyndon B. Johnson, 36º presidente dos Estados Unidos
- Gerald Ford, 40º presidente dos Estados Unidos

Esse número não inclui relacionamentos menos oficiais, tais como o envolvimento do ex-presidente Bill Clinton na organização da juventude maçônica, a Ordem de DeMolay, ou a filiação honorária ao Rito Escocês conferida ao ex-presidente Ronald Reagan.

CAPÍTULO 6

OS CÓDIGOS PERDIDOS

É provável que grande parte do sucesso dos romances de Dan Brown se deva à inclusão de quebra-cabeças, criptogramas e códigos. Tais artifícios envolvem os leitores, que engajam suas mentes na tentativa de compreender a próxima pista que levará a trama adiante antes de a resposta ser revelada. Por ser um aficionado da criptografia, Brown possui um embasamento sólido na história dessa arte secreta, que, sem dúvida, vem a calhar durante a elaboração de seus suspenses. Por exemplo, ao escrever sobre Leonardo da Vinci, em seu best seller anterior, ele empregou um quebra-cabeça baseado no famoso gosto do pintor pela escrita espelhada.

Embora o escultor da *Kryptos*, James Sanborn, tenha criado cifras que permaneceram indecifradas por mais de uma década, os códigos em *O símbolo perdido* são, em geral, muito mais simples. Certamente, Dan Brown possui alguns códigos favoritos, pelo menos ao apresentar quebra-cabeças ao público, que ele usou como dispositivos em seus romances anteriores e em desafios da internet. Por exemplo, ele empregou a técnica da Caixa de César em diversas ocasiões — um sistema em que a mensagem é escrita verticalmente em uma grade quadrada e, em seguida, a cifrada é lida horizontalmente. O autor também emprega alguns anagramas — não apenas como dispositivos explícitos de códigos sendo parte da trama de um romance, mas também, às vezes, servindo de homenagem a uma fonte. Por exemplo, "Leigh Teabing", em *O código Da Vinci,* é um anagrama dos sobrenomes de dois dos autores de *O Santo Graal e a linhagem sagrada,* escrito por Michael Baigent e Richard Leigh. Em *O símbolo perdido,* parece provável que "Nola Kaye" seja um anagrama parcial do primeiro nome de Elonka Dunin, uma talentosa criptógrafa e desenvolvedora de jogos de computador que é conhecida como uma especialista em *Kryptos.*

Um passeio rápido pelos códigos e esquemas cifrados favoritos de Dan Brown oferece um exercício interessante de entendimento básico de criptografia, e, às vezes, a história por trás desses códigos é tão fascinante quanto os quebra-cabeças que eles ocultam. Assim, analisemos os últimos 2 mil anos de criptografia e algumas das técnicas engenhosas mais usadas por Dan Brown, assim como técnicas de códigos relacionadas e que mereciam inclusão em qualquer romance desse autor.

QUADRADOS E SELOS MÁGICOS

Talvez o código mais importante em *O símbolo perdido* seja o da mensagem "Jeova Sanctus Unus", na pirâmide, que utiliza o quadrado mágico criado pelo mestre renascentista alemão Albrecht Dürer. Deixando de lado a aparente incapacidade da CIA para decodificar o que é basicamente apenas uma porção de letras embaralhadas — que quase não exigem a bateria de técnicas de decifração sugerida por Nola Kaye —, a decisão de Brown de usar um *kamea* como parte da trama precisa ser louvada. Isso não apenas oferece um meio divertido e fascinante ao leitor, como também permite que o autor explore uma história da arte oculta que abrange os rosacrucianistas e os francomaçons, incluindo o grande norte-americano Benjamin Franklin. E, como explicarei posteriormente, há mais conexões curiosas com a história norte-americana também.

Embora o quadrado mágico de Albrecht Dürer seja provavelmente o exemplo mais conhecido, essas curiosidades matemáticas convivem conosco praticamente desde o nascimento da civilização humana. Por exemplo, uma antiga lenda chinesa fala de uma vasta enchente durante a qual as pessoas ofereceram sacrifícios para tentar apaziguar o deus do rio. De repente, "uma tartaruga emergiu da água com um desenho curioso em seu casco, com padrões de pontos circulares arrumados em uma grade de 3 x 3 no casco, de tal forma que a soma dos números em cada fileira, em cada coluna e nas diagonais era igual a 15". As propriedades mágicas desse padrão — conhecidas como "Quadrado de Lo Shu" — foram então usadas para controlar o rio e reduzir a enchente.

Os quadrados mágicos ganharam um novo destaque com o surgimento da civilização islâmica. Enquanto a Europa padecia na Idade das Trevas, os cientistas islâmicos e os matemáticos preservavam e ampliavam o legado intelectual da China, Índia e Grécia antigas. Eles foram os primeiros a criar "receitas" para a construção de quadrados mágicos, permitindo uma variedade de novos *kameas*. Assim como os povos antigos, eles também acreditavam que os quadrados possuíam propriedades mágicas intrínsecas e eram usados frequentemente como amuletos protetores.

Na Europa, há apenas referências esporádicas aos quadrados mágicos, até a publicação de *De Occulta Philosophia*, de Cornelius Agrippa, no início do século XVI. O livro de Agrippa versava sobre tradições mágicas e intelectuais antigas, as quais foram ganhando destaque no início do Renascimento e se tornariam um trabalho fundamental para a tradição mágica ocidental. Em *De Occulta Philosophia* Agrippa descreve as propriedades mágicas de sete quadrados mágicos de ordens 3 a 9, associando cada um deles a um planeta astrológico. Na tradição mágica ocidental, o quadrado 4 x 4 de Dürer é uma versão modificada do Quadrado de Júpiter, enquanto o 3 x 3 de Lo Shu, que soma 15 em cada direção, é o Quadrado de Saturno. No livro *The Occult Philosophy in the Elizabeth Age* (A filosofia oculta na era elisabetana) a argumentação da estudiosa do Renascimento, Dame Frances Yates, indica que a composição de *Melancolia I,* de Albrecht Dürer, foi diretamente influenciada pelo livro de Agrippa, o qual circulou em forma manuscrita apenas quatro anos antes de Dürer ter produzido sua obra-prima.

Na tradição mágica ocidental os quadrados mágicos mencionados por Agrippa são usados para fazer "selos mágicos" — símbolos geométricos que são frequentemente inscritos em amuletos e ferramentas para que propriedades mágicas sejam inseridas neles (em *O símbolo perdido*, o próprio corpo de Mal'akh é coberto com selos tatuados). Em *The Key of Solomon* (A chave de Salomão) — um livro de instruções mágicas reformulado pelo escritor especialista em ocultismo S. Liddell Macgregor Mathers, em 1888, a partir de manuscritos do Museu Britânico — encontramos uma seção sobre a construção de selos mágicos. O processo é relativamente simples: uma palavra ou um nome — em geral de um anjo ou de um demônio — é escrito em hebraico e, em seguida, cada letra é substituída por seu numeral equivalente (ver mais adiante a seção sobre gematria). Linhas são então traçadas através de cada número/letra da palavra seguinte, conforme encontradas no quadrado mágico. Esse procedimento cria um símbolo único diretamente relacionado às propriedades mágicas associadas ao quadrado mágico — conforme descrito por Agrippa — e também ao anjo, demônio ou espírito cujo nome foi traçado no *kamea.*

O QUADRADO MÓRMON?

Dan Brown pode ter acidentalmente tido a ideia de usar os quadrados mágicos ao topar com o manual de mágica de Mathers — afinal, o título original de *O símbolo perdido* era *The Solomon Key*, que certamente sugere uma ligação com o livro de Mathers. Mas há outra fascinante possibilidade que merece uma rápida discussão. Sabe-se que Dan Brown fez algumas pesquisas sobre o mormonismo para *O símbolo perdido* — ele de fato visitou o Templo de Salt Lake e teve acesso a arquivos históricos, autorizado pelos líderes da Igreja. Talvez ele estivesse interessado no fato de que uma das esposas do fundador do mormonismo, Joseph Smith — a Igreja Mórmon permitia o casamento poligâmico em seus primórdios —, tenha sido Lucinda Harris, que fora casada anteriormente com William Morgan, o homem cujo desaparecimento em Nova York, em 1826, inspirou o movimento antimaçônico. Porém, a razão mais provável para a pesquisa em questão de Dan Brown é a estranha circunstância da morte de Joseph Smith.

Em 1844, Smith estava sendo mantido na prisão de Carthage, em Illinois, para sua própria proteção. Apesar dessa medida, cerca de 200 homens armados atacaram a prisão e correram para a cela de Smith, atirando nas portas. O prisioneiro foi atingido várias vezes enquanto tentava escapar do grupo pulando pela janela da cela, no segundo andar da prisão. Foi relatado que enquanto ele despencava da janela ouviram-no gritar desesperado o chamado maçônico: "Não há ajuda alguma para o filho da viúva?"[101]

Não deveria surpreender o fato de Joseph Smith ter feito esse apelo maçônico — o profeta mórmon era francomaçom na época, e vários elementos do mormonismo parecem ter sido influenciados pela francomaçonaria, dos rituais aos símbolos — incluindo o Olho que Tudo Vê, a colmeia, o Sol e a Lua. A pobre Lucinda Harris parece ter perdido dois maridos assassinados, e as duas mortes parecem estar ligadas à francomaçonaria, de uma forma ou de outra!

Uma das fontes originais da ligação entre maçons e mórmons é uma palestra controversa dada pelo historiador Reed Durham, em 1974, cujo título foi "Não há ajuda alguma para o filho da viúva?". Nessa palestra — que Dan Brown, sem dúvida, encontrou durante suas pesquisas —, Durham não apenas explorou a influência da francomaçonaria no início do mormonismo, como também sugeriu que Joseph Smith se interessava por magia e portava um amuleto com um selo baseado no quadrado mágico de Júpiter:

> *Quando propriamente invocado, sendo Júpiter muito poderoso e regente nos céus, essas inteligências — pelo poder da mágica antiga — garantiam ao possuidor desse talismã o ganho de riquezas, favores, poder, amor e paz; e o poder de afirmar honrarias, dignidades e conselhos. A magia do talismã declarou posteriormente que qualquer um que trabalhasse habilmente com essa Mesa de Júpiter receberia o poder de estimular qualquer um a oferecer seu amor ao possuidor do talismã, fosse de um amigo, um irmão, um parente ou mesmo qualquer mulher. Se Joseph Smith foi ou não*

apresentado antes a esse tipo de magia através da maçonaria não se sabe até hoje.

Tenha sido ou não dessa forma que Dan Brown veio a incluir os quadrados mágicos em *O símbolo perdido*, a ligação adicional que ele fez com outros aspectos de sua pesquisa — por meio do jogo de palavras da mensagem codificada "Ordem 8 Quadrado de Franklin" — foi um dos pontos altos do romance.

Os quadrados (e círculos) de Franklin

Incluir o quadrado mágico de Dürer em *O símbolo perdido* foi uma jogada brilhante, mas daí a usá-lo como base para chegar ao quadrado mágico de Benjamin Franklin — já relacionado à trama por sua influência tanto na francomaçonaria quanto na fundação dos Estados Unidos — foi, simplesmente, uma jogada de mestre.

Benjamin Franklin discutiu seu passatempo de construção de quadrados mágicos em uma carta datada de 1752, a qual pode ser encontrada no Volume 2 de *The Writings of Benjamin Franklin* (sob o título "The Arithmetical Curiosity"):

Estando um dia no campo, na casa de nosso amigo comum, o falecido sábio sr. Logan, ele me mostrou um livro fólio francês, cheio de quadrados mágicos (...) no qual dizia que o autor demonstrava grande ingenuidade e perícia no manejo de números; e embora vários outros estrangeiros tenham se destacado da mesma forma, ele não se lembrava de que qualquer outro inglês tivesse feito nada tão memorável.

(...) Eu então confessei a ele que, em minha juventude, tendo tido uma vez algum lazer (o qual ainda penso poder ter empregado de forma mais útil), me diverti fazendo esse tipo de quadrados mágicos e, após algum tempo, adquiri muito talento para isso. Era capaz de preencher as células de qualquer quadrado mágico, de tamanho razoável, com uma série de números tão rapidamente quanto conseguia escrevê-los, dispostos de tal maneira que as somas de cada fileira horizontal, perpendicular ou diagonal deveriam ser iguais; mas não estando satisfeito com isso, que eu considerava comum e fácil, impus a mim mesmo tarefas mais difíceis e fui bem-sucedido ao fazer outros quadrados mágicos com várias propriedades e muito mais interessantes.

Por solicitação de Logan, em sua visita seguinte Franklin trouxe com ele a *kamea* que criara. Embora não apropriadamente "mágica" — as diagonais não tinham a mesma soma que as colunas e fileiras —, ela tinha outros aspectos ainda mais impressionantes. Enquanto cada fileira e coluna do quadrado 8 x 8 somava 260, qualquer metade de coluna ou fileira somava exatamente 130. E embora as diagonais não somassem 260, as "diagonais torcidas" — metade de uma diagonal que é então espelhada na outra metade do quadrado, em vez de continuar reta — o faziam.

Logan então mostrou a Franklin um livro antigo escrito por Michel Stifelius, que continha um quadrado 16 x 16, e comentou que esse feito deveria ter sido "extremamente laborioso". Não disposto a admitir que fora intelectualmente vencido, Franklin foi para casa e, naquela noite, fez um quadrado mágico de 16. Esse tinha todas as propriedades do 8 x 8, além da característica adicional de que todas as grades de quadrados 4 x 4 dentro deles somavam 2.056, assim como os 16 quadrados de cada fileira e coluna o faziam. Indubitavelmente satisfeito com seu trabalho, Franklin enviou o recém-criado quadrado para Logan na manhã seguinte, e em seu relato sobre a reação de Logan temos uma ideia do senso de humor travesso desse grande norte-americano:

> *Enviei este a nosso amigo na manhã seguinte, que após alguns dias me mandou de volta com uma carta, com estas palavras: "Devolvo a você a peça de quadrado mágico mais impressionante ou estupenda, na qual (...)", mas os cumprimentos são extravagantes demais e, portanto, para seu benefício, e meu também, não os repetirei. Nem é necessário; não duvido que você prontamente admita que esse quadrado de 16 seja o mais magicamente mágico já feito por qualquer mágico.*

Não satisfeito com os grandes quadrados mágicos, Benjamin Franklin também criou um Círculo Mágico, "consistindo em oito círculos concêntricos e oito filas radiais, preenchidos com uma série de números, de 12 a 75, inclusive, dispostos de forma que todos de cada círculo, ou de cada fila radial, ao serem somados ao número central 12, totalizassem exatamente 360, o número de graus de um círculo".

Para encerrar, uma última informação interessante sobre as curiosidades dos quadrados mágicos. Dada a recorrência do número 33 em *O símbolo perdido*, é uma pena que Dan Brown não tenha feito uma referência rápida ao famoso quadrado mágico encontrado na fachada da igreja da Sagrada Família, em Barcelona. Idealizado pelo escultor Josep Subirachs, as filas e colunas desse *kamea* 4 x 4 não totalizam 34, que seria o comum para o Quadrado de Júpiter, mas 33! É preciso admitir que para se fazer isso alguns números no quadrado são repetidos — logo, grosso modo, não se trata de um quadrado mágico normal —, mas ainda assim seria uma referência interessante.

A CIFRA MAÇÔNICA

Manly Hall menciona em *The Secret Teaching of All Ages* que os francomaçons eram conhecidos por usarem vários alfabetos secretos, incluindo os escritos "angélicos" e os "celestiais". No entanto, um em particular foi usado tanto pela confraria que veio a ser conhecido como Código Maçônico. Também chamado de Cifra Maçônica, essa técnica foi bastante usada pelos maçons do século XVIII para manter secreta a correspondência particular, embora sua simplicidade signifique que ela esteja quase obsoleta na Idade Moderna. Exceto, é claro, para Dan Brown, que a usou em várias ocasiões agora — mais recentemente, como o método de decifração do texto do quadrado mágico da pirâmide em *O símbolo perdido.* Pelo menos, Brown reconhece a simplicidade do código, quando faz Robert Langdon dizer: "Qualquer um poderia decifrá-lo... Não é muito sofisticado."

A Cifra Maçônica substitui um símbolo por cada letra do alfabeto, sendo o primeiro uma descrição de onde a letra está colocada nas "grades da cifra" — um jogo da velha de nove quadrados além de duas linhas diagonais formando uma grade de quatro triângulos. Duas letras estão colocadas em cada célula da grade (13 espaços de grade x 2 = 26 letras do alfabeto), sendo a segunda letra designada tanto pela forma do espaço da grade quanto por um ponto.

Observe que há muitas formas diferentes de colocar as letras na grade da cifra para que cada uma seja cifrada de forma diversa. As duas formas mais comuns são o "método inglês", no qual as letras são colocadas no quadrado e nas grades diagonais, duas de cada vez — "ab", "cd" etc. —, e o "método americano", que percorre o alfabeto em um espaço da grade de cada vez — logo, quadrados de grade típicos são "an", "bo" etc. Dan Brown usa um terceiro método em *O símbolo perdido*: a grade de nove quadrados é preenchida duas vezes — "a" a "i", depois "j" a "r" —, seguida pela grade diagonal de quatro triângulos duas vezes — "s" a "v", depois "w" a "z" .

Os códigos baconianos

Sir Francis Bacon é mencionado diversas vezes em *O símbolo perdido* — o político, cientista e filósofo britânico que, como vimos, pode ter se envolvido com o rosacrucianismo e com a Faculdade Invisível, e que também escreveu *A nova Atlântida*, um tratado utópico que muitos pensam ter servido como a base do "experimento" americano. Mas Bacon também estava profundamente interessado em criptografia, e usou vários métodos cifrados e códigos pessoais em seus escritos. Talvez não apenas "seus" — alguns pesquisadores de história alternativa atribuem as obras de Shakespeare a ele, com base em inúmeras semelhanças.

O especialista esotérico Manly P. Hall dedica vários capítulos a Bacon em sua obra-prima — e livro favorito de Dan Brown —, *The Secret Teaching of All Ages*. Um dos capítulos trata da teoria Bacon-Shakespeare, enquanto outro explora os métodos criptográficos do autor, relacionando-os com as tendências rosacrucianistas de Bacon. Definitivamente, Dan Brown tem familiaridade com os códigos baconianos, visto que em *O código Da Vinci* ele escreveu que:

> *Langdon certa vez havia trabalhado em uma série de manuscritos baconianos que continham criptogramas epigráficos nos quais certas linhas de código constituíam pistas sobre como decifrar os outros livros.*[102]

Em *The Secret Teachings of All Ages* Manly Hall delineia vários códigos diferentes empregados por Francis Bacon.

Códigos biliterais

A contribuição mais famosa de Bacon à criptografia é seu "código biliteral", que foi descrito primeiramente em *De Augmentis Scientiarum,* em 1605. Bacon achava que os códigos óbvios, nos quais o trecho era uma confusão ilegível de letras, apenas motivavam as pessoas a investigar ainda mais. Achava também que os códigos deveriam "ser isentos de suspeita" — isto é, aquele que lesse a mensagem cifrada não poderia perceber que ali havia um código, a menos que fosse apropriadamente treinado para fazê-lo. Essa técnica é frequentemente referida como esteganografia.

O código biliteral de Bacon é baseado no uso de apenas duas letras, "a" e "b", que são usadas em combinações de cinco caracteres para designar cada letra do alfabeto. Por exemplo, a letra "f" pode ser codificada como "aabba" no sistema biliteral. A cifra de Bacon é um exemplo precursor do código binário que agora governa nosso mundo, através dos computadores, e também serviu de base para os pontos e traços do código Morse.

O código biliteral de Bacon combinava essa ideia do código binário com um processo de cifragem de fontes, no qual dois tipos diferentes de fontes seriam usados na publicação de um manuscrito. Uma fonte seria a "a" e a outra a "b", e assim as "palavras" biliterais de cinco letras poderiam ser cifradas em qualquer texto a ser impresso — qualquer que fosse seu conteúdo literário — simplesmente manipulando as fontes. Para explicar isso de forma simples, utilizemos qualquer fonte em caixa baixa como nosso "a" e as em caixa alta como o "b". É claro que isso tornará a cifra grosseiramente óbvia — o uso apropriado requer manter as caixas alta e baixa como normais e empregar apenas diferenças sutis entre as fontes.

Em nosso exemplo, usaremos combinações arbitrárias de cinco letras para designar as letras C, D, E, O e S:

C = aaaba
D = aaabb
E = aabaa
O = abbab
S = baaab

Usando a frase "Francis Bacon was [era] Shakespeare", nossa mensagem ainda cifrada seria publicada assim:

FRAnCIs bAcON Was SHaKEsPEAre

Aqui está a explicação de como funciona o código: separa-se a frase em grupos de cinco letras — menos uma, que ignoraremos —, e, então, faz-se o paralelo entre a cifragem da fonte e as palavras do código biliteral:

FRAnC	IsbAc	ONWas	SHaKE	sPEAre
aaaba	abbab	aaabb	aabaa	baaab
C	O	D	E	S

Nossa palavra cifrada é, portanto, CODES [códigos]. Conforme já mencionado, nosso exemplo é intencionalmente óbvio. Se você gosta de testar seus poderes de observação, um exemplo mais realista de usar duas fontes diferentes pode ser:

Francis Bacon was Shakespeare

Em *De Augmentis Scientiarum* Bacon usou, na verdade, um exemplo em que até a palavra cifrada foi mudada por meio de um código de simples substituição, apenas para complicar ainda mais a sequência cifrada e, portanto, desencorajar a resolução do enigma.[103] Você percebeu alguma tipografia estranha em *O símbolo perdido*?

A cifra alquímica

A cifra alquímica é um código literal — isto é, que tem a ver com a disposição ou combinação de letras do alfabeto.[104] Manly Hall apresenta dois exemplos desse tipo de criptograma, ambos compostos de diagramas circulares combinados com palavras. Ao ler a primeira letra de cada palavra um código até então oculto é revelado.

Por exemplo, um criptograma alquímico composto pelo estudioso jesuíta Athanasius Kircher mostra várias palavras latinas ao redor de um perímetro circular: *Sola, Vera, Laudat, Philosophia, Homines, Veritatis, Rectae.* Se o leitor escolher a primeira letra de uma delas, encontrará a palavra SVLPHVR — "sulphur", visto que "V" é transposto para "u". Continuando com o resto das palavras do diagrama, a combinação final cifrada é *Sulphur Fixum Est Sol*, ou "Enxofre Fixo é Ouro" — uma frase alquímica definida e, como tal, merecedora de ser escondida de "olhos profanos". Essa técnica é semelhante ao "acróstico", no qual a primeira letra de cada linha em um manuscrito é lida para revelar a mensagem oculta. Outra cifra alquímica é mencionada brevemente em *O símbolo perdido*: a palavra VITRIOL, encontrada na Câmera de Reflexão, que significa "Visita Interiora Terrae, Rectificando Invenies Occultum Lapidem" — Visite o interior da Terra, e, ao retificar, você encontrará a pedra oculta. Assim como o código mencionado anteriormente, este é escrito, às vezes, ao redor de um talismã circular.

Podemos ver nesses dois códigos uma possível relação com o anagrama MASON, encontrado no Grande Selo. Embora muitos descartem tal ocorrência como simples coincidência, a sobreposição geométrica do Selo de Salomão no Grande Selo revela o anagrama a partir do texto curvado, "para aqueles com olhos capazes de ver", de forma muito semelhante aos dois exemplos anteriores. Precisamos tomar cuidado, ou Roberto Langdon pode nos considerar um daqueles "teóricos da conspiração malucos"...

Códigos imagéticos

Manly Hal descreve estes como "qualquer quadro ou desenho com outro significado que não o óbvio" e categoriza os diagramas dos alquimistas como tal.[105] Eles podem assumir várias formas — o número de tijolos em uma parede; a dobra da roupa de uma pessoa; a posição dos dedos do sujeito; e as estruturas em forma de letras (como o suposto "M" encontrado em *A Santa Ceia*).

As iniciais "AA" formam um código desse tipo, que podem ser vistas em vários diagramas e bustos rosacrucianistas, incluindo algumas obras de Shakespeare, que têm um significado particular para os que seguem a tradição rosacrucianista. Pode-se também encontrá-los em alguns trabalhos filosóficos de Bacon. Outro favorito de Bacon era, apropriadamente, a imagem de um porco. Provavelmente, podemos incluir a "simbatura" — um símbolo usado em lugar de uma assinatura — de Albrecht Dürer, mencionado em *O símbolo perdido*, dentro dessa categoria.

Códigos numéricos

O mais simples desse tipo é aquele em que as letras do alfabeto são substituídas por seus números correspondentes: A = 1, B = 2, C = 3 etc. No sistema baconiano, tanto "I" como "J" são equivalentes a 9, e "U" e "V" representam o 20. Em nosso caso, a palavra-chave CODES se tornaria então 3-14-4-5-18. O enigma poderia ser mais obscurecido ainda pela inserção de caracteres não significativos predeterminados — por exemplo, incluindo um número "falso" entre os reais: 3-2-14-20-4-8-5-10-18.

As palavras importantes nesse sistema também se tornariam reconhecíveis por um único número: a soma de seus componentes. Por exemplo, usando nossa palavra-chave CODES, temos 3 + 14 + 4 + 5 + 18 = 44. Claro que usando a versão mais simples do código numérico tabelas de correspondência entre letras e valores arbitrários podem ser desenvolvidas para se chegar a um código mais complexo.

Manly Hall destaca que os autores desse tipo de criptogramas podem também criar um "número assinatura" a partir do valor numérico atribuído a seus nomes.[106] Por exemplo, diz-se que Francis Bacon usava regularmente o número 33 — a soma alcançada por "Bacon". O autor de uma mensagem cifrada pode, portanto, "assinar" seu trabalho com uma piada só para entendidos, tal como um erro evidente naquele número de página específico, um número de palavra ou uma combinação de ambos.

Dan Brown parece ter gostado de usar esse número também em *O símbolo perdido*. Além da ligação óbvia com a francomaçonaria do Rito Escocês, Brown parece ter feito uma piadinha do estilo baconiano com o mesmo número — a abertura de *O símbolo perdido* é às 20h33, há 133 capítulos no livro e na página 333, do original em inglês, o número 33 é repetido inúmeras vezes. Se isso não for suficiente para convencê-lo, então some os três números individuais da data de lançamento do livro em questão: 15-09-09. O que você acha, coincidência?

Para fins de comparação: Bacon também emprega o número 287 como um tema pessoal. Em seu *Advancement of Learning*, há 287 letras no frontispício, 287 letras na página de dedicatória e 287 letras na página 215 — que é, na verdade, falsamente numerada, sendo a página 287, na realidade.[107]

Cabala e Magick

Sabe-se que os rosacrucianistas e os francomaçons foram influenciados pelo sistema de misticismo judaico chamado cabala. O código numérico mencionado anteriormente tem suas raízes na técnica cabalística da gematria. Os místicos hebraicos enxergavam grandes verdades no equivalente numérico das palavras, a ponto de a soma de duas palavras que igualasse outra constituir uma relação definida. Por exemplo, as palavras hebraicas *aheva* (amor) e *echod* (um) são numericamente equivalentes na gematria ao número 13. O nome de Deus, *YHVH* ou *Jehovah*, é igual a 26. Logo, Deus = um amor.[108] Várias tradições religiosas antigas possuem sistemas semelhantes — um quadrado mágico planejado pelos matemáticos islâmicos soma 66 em cada direção, que era o equivalente numérico de "Alá" (Deus).

Uma segunda técnica, o Notarikon, é um sistema que consiste em criar um novo vocábulo a partir dos componentes de um grupo de outras palavras. Muitos de nossos acrônimos modernos se encaixam basicamente nesse sistema — menos o aspecto da linguagem hebraica, claro. Um bom exemplo dessa técnica é uma palavra bíblica conhecida pela maioria de nós, "Amém", que é um composto de três palavras: *Al, Melech* e *Neh-eh-mahn* (A. M. N.), significando "Deus é nosso rei fiel".[109]

O terceiro método cabalista que deve ser mencionado é o Temurá. Trata-se, basicamente, de uma cifra de substituição direta com letras transpostas em caracteres correspondentes de acordo com um sistema preestabelecido.[110] O código Atbash, usado pela seita judaica conhecida como os essênios, é um dos processos descritos pelo Temurá. Ele é citado em *O código Da Vinci*, no qual Dan Brown o descreve como "um dos códigos mais antigos conhecidos pelo homem". O dr. Hugh Schonfield foi o primeiro a propor a decifração da misteriosa palavra templária "Baphomet" usando o código Atbash. Este é uma substituição direta entre dois alfabetos hebraicos, um escrito normalmente e o outro na ordem inversa — então, em português moderno, A e Z seriam intercambiáveis, B e Y, C e X e assim por diante. Por exemplo, os eruditos bíblicos descobriram que a aplicação do Atbash à localização misteriosa de "Scheschach" resultava na mais reconhecível "Babel". Essa técnica é referida como sendo uma "cifra de substituição monoalfabética", e cifras semelhantes foram bem-sucedidas até o Renascimento. Se você alguma vez quiser cifrar — ou decifrar — uma mensagem em um código do tipo Atbash, um método simples é escrever as primeiras 13 letras do alfabeto (A a M) da esquerda para a direita e, em seguida, as 13 seguintes imediatamente abaixo dessa linha, da direita para a esquerda. Isso lhe dará um quadro simples para encontrar a letra correspondente no processo de cifrar e decifrar.

Códigos revolucionários

Em tempos de guerra, há uma necessidade premente de esconder informações do inimigo. Não surpreende, portanto, que muitos pais fundadores dos Estados Unidos tenham usado vários códigos e técnicas durante a Revolução Americana. Visto que *O símbolo perdido* faz referência à grande parte da história secreta dessa parte formativa da história norte-americana, vale a pena dar uma olhada nos sistemas de cifra dos revolucionários.

O Círculo Culper foi uma rede de espiões organizada sob ordem de George Washington, em 1778, e tinha a tarefa de se infiltrar na cidade de Nova York, então controlada pelos britânicos. O próprio Washington forneceu aos Culper uma substância especial para que pudessem escrever para ele secretamente: tinta invisível. Fornecida a ele por Sir James Jay, em Londres, diz-se que Washington enviou um relato para Jay "reconhecendo a grande utilidade do material e solicitando mais". A "mancha", como Washington a chamou, também foi usada pelo próprio Jay para transmitir "à América o primeiro relato autêntico, recebido pelo Congresso, sobre a determinação do Ministério britânico de reduzir as colônias à submissão incondicional":

> *Meu método de comunicação foi o seguinte: para evitar suspeitas que poderiam surgir caso eu escrevesse apenas para meu irmão, John, que era membro do Congresso, escrevia com tinta preta uma pequena carta para ele e, da mesma forma, para mais uma ou duas outras pessoas da família, nenhuma delas excedendo três ou quatro linhas, e a tinta usada preta. O resto do papel em branco eu preenchia, invisivelmente, com informações e questões que pensava serem úteis para a causa americana (...) Nessa escrita invisível, enviei para [Benjamin] Franklin e [Silas] Deane, por correio, de Londres para Paris, um plano da Expedição planejada por Burgoyne, a partir do Canadá.*

James Lovell — que como vimos foi o líder do segundo comitê para a elaboração do desenho do Grande Selo — é mencionado pelo historiador militar norte-americano David Kahn como o "pai da criptoanálise norte-americana". A perícia de Lovell em decodificar mensagens pode ter sido crucial no resultado da guerra — em 1781, ele decifrou alguns textos interceptados, os quais permitiram aos revolucionários ler várias outras mensagens e ajudaram a ganhar algumas batalhas decisivas. O próprio Lovell preferia uma versão numérica do código Vigenère, bastante conhecido — um sistema polialfabético no qual cada letra de uma palavra-chave repetida é usada para fazer uma transformação do tipo César em cada letra da mensagem a ser cifrada —, e também "códigos de livro". Estes foram um método de cifra comum da época, sendo usados também por outros indivíduos importantes, como Benedict Arnold.

O primeiro código de livro de Arnold foi baseado no Volume 1 dos *Commentários* (Comentários), de Blackstone, um tomo jurídico clássico. Cada palavra da mensagem a ser decifrada seria representada por três números: o primeiro remeteria a uma página no livro; o segundo, para a linha naquela página; e o terceiro, para o número de palavras a serem contadas ao longo da linha. No entanto, Arnold e seus coconspiradores tiveram problemas com a quantidade de tempo necessária para encontrar cada palavra, então escolheram outro tipo de livro: um dicionário.

Já na França, Benjamin Franklin usava uma cifra de substituição numérica especial que ele elaborou para enviar mensagens confidenciais. Ele escrevia um longo trecho em francês e, em seguida, atribuía a cada letra do trecho seu correspondente numérico. Por exemplo, usando "la maison", a letra "l" se tornaria "1", "a" se tornaria "2", "m" se tornaria "3" e assim por diante. Se quiséssemos enviar a palavra "mais", ela se tornaria 3, 2, 5, 6 — ou, como há duas ocorrências da letra "a" em "la maison", poderia ser também 3, 4, 5, 6. No caso de Franklin, havia mais de 100 números diferentes só para a letra "e"!

O Código de Roda de Jefferson

Jefferson, como Benjamin Franklin, era um inventor apaixonado. Enquanto serviu como secretário de Estado dos Estados Unidos na presidência de George Washington, ele criou seu próprio método de cifra. Como enviar cartas, na época, não era seguro, o sigilo era importantíssimo para comunicar os assuntos nacionais. A ideia de Jefferson era cifrar as mensagens usando o "Código de Roda".

Sua invenção consistia em vários discos planos de madeira, cada um com cerca de 1,25 centímetro de espessura, dispostos em camadas, unidos por um eixo de ferro que passava pelo centro — para visualizar isso, imagine CDs de lado... só que os CDs seriam muito mais grossos que o normal. O alfabeto completo era inscrito na borda de cada disco aleatoriamente. Ao soletrar a mensagem de código disposta em fila, girando cada disco em seu lugar, 25 frases distintas ficavam disponíveis para serem escolhidas nas outras fileiras no disco.[111]

Alguém com a mesma disposição de discos e letras seria então capaz de soletrar a frase cifrada em sua roda de código e depois examinar as outras fileiras até encontrar uma que fizesse sentido. A invenção de Jefferson esteve muito à frente de seu tempo: David Kahn descreveu-a como "de longe o invento mais avançado de seus dias (...) foi tão bem-concebido que até hoje, mais de um século e meio de rápido progresso tecnológico após sua invenção, ele permanece em uso".

Além do "Código de Roda de Jefferson", o terceiro presidente dos Estados Unidos também usou o bastante conhecido método Vigenère para mensagens cifradas. Na verdade, tendo em vista a propensão que os pais fundadores dos Estados Unidos tinham a usar criptografia, é uma pena que mais referências a essas técnicas históricas de código não tenham sido incluídas em *O símbolo perdido.*

Bem embaixo do seu nariz

Agora que terminamos este guia sobre alguns dos sistemas de cifras referidos em *O símbolo perdido* talvez você queira testar os conhecimentos mais recentemente adquiridos. Assim como fez em *O código Da Vinci*, Dan Brown ocultou algumas mensagens cifradas na capa de *O símbolo perdido* — apenas na capa dura da edição americana. É possível um número de telefone, e os leitores podem ligar para tentar ganhar um exemplar assinado do livro (infelizmente, para os retardatários, todos já devem ter sido entregues a essa altura). Outras mensagens pequenas são relevantes para os tópicos abordados em *O símbolo perdido* — e talvez ainda haja uma mensagem oculta a ser descoberta. Nada tão inovador assim, mas esse é, certamente, um exercício divertido. Se você está parado em algum desses exercícios ou não tem tempo para fazê-los, leia o Anexo 1 no final deste livro para obter uma explicação completa desses códigos ocultos da capa.

CAPÍTULO 7

MISTÉRIOS DA MENTE

Em *O símbolo perdido* Dan Brown apresenta o inesperado tema das "ciências noéticas" e afirma que recentemente ela "abriu novas portas para a compreensão do poder da mente humana". Como mencionado na primeira página do romance, o Institute of Noetic Sciences (Ions) existe de fato, e o resumo de Dan Brown das pesquisas lá realizadas está, por mais estranho que pareça, completamente certo. Mesmo assim, um dos fatos talvez mais interessantes sobre o Ions não tenha sido mencionado em *O símbolo perdido*. Ele foi fundado pelo astronauta da Apolo 14, Edgar Mitchell, em 1973, após este ter tido uma experiência mística em seu retorno à Terra, em 1971:

> *De repente, de trás da borda da Lua, em movimentos imensamente majestosos, longos e vagarosos, emergiu uma joia azul e branca brilhante, uma delicada esfera azul-celeste iluminada, enlaçada com véus brancos que giravam em espiral vagarosamente, elevando-se aos poucos como uma pérola pequena em um mar denso de mistério negro. Levei mais de um minuto para me dar conta de que era a Terra — nosso lar.*

Na viagem de retorno, fitando os quase 400 mil quilômetros de espaço na direção das estrelas e do planeta do qual eu viera, repentinamente senti o universo inteligente, amoroso, harmonioso.

(...) Na época de minha viagem à Lua, eu era um piloto de testes, engenheiro e cientista, tão pragmático quanto qualquer um dos meus colegas. Mas quando vi o planeta Terra flutuando pela vastidão do espaço (...) a presença da divindade se tornou quase palpável, e percebi que a vida no universo não era apenas um acidente baseado em processos aleatórios.

A epifania divina de Mitchell infundiu-lhe uma determinação para "ampliar o conhecimento sobre a natureza e o potencial da mente e da consciência e para aplicar esse conhecimento ao aperfeiçoamento do bem-estar humano e à qualidade de vida no planeta", levando-o a fundar o Ions dois anos depois. O nome da organização é baseado na palavra grega *noetikos*, que significa "conhecimento interior/intuitivo".

Pelas três décadas seguintes o Institute of Noetic Sciences — situado em uma propriedade de 800 metros quadrados ao norte de São Francisco — trabalhou com pesquisadores do mundo inteiro, altamente qualificados, investigando a natureza da consciência a partir de diversas perspectivas modernas. A organização esteve envolvida em algumas das primeiras pesquisas sobre "visão remota", conduzidas por Harold Puthoff e Russell Targ, no Stanford Rersearch Institute, que logo após se transformou no programa "Stargate" do Exército americano — mencionado por Dan Brown em *O símbolo perdido.* O Ions também colaborou com pesquisadores da Princeton University no campo das interações anômalas entre consciência e matéria; em um programa que investigava a eficácia da terapia de visualização para os pacientes com câncer terminal; e oferecia doações a pesquisadores que testassem o poder da oração e da vontade na cura. Recentemente, o presidente do Ions, James O'Dea, delineou a missão atual da organização, e esta parece muito semelhante ao tema da transformação iminente anunciada em *O símbolo perdido*: "Há uma necessidade evidente de uma nova e arrojada síntese das implicações do que estamos descobrindo sobre a natureza da consciência com aplicações igualmente arrojadas", disse ele. "O Ions será um centro que demonstrará habilmente como a transformação da visão de mundo pode promover mais saúde, criatividade e paz para todos os seres humanos."

Ciência limítrofe

Para muitas pessoas, as pesquisas e os objetivos do Institute of Noetic Sciences podem parecer muito "Nova Era" e especulativos. No entanto, antes de descartar essas ideias precipitadamente devem ser considerados os seguintes comentários de um respeitado acadêmico:

> *Usando os critérios aplicados a qualquer outra área da ciência, conclui-se que o funcionamento psíquico foi bem-estabelecido. Os resultados estatísticos dos estudos examinados estão muito além do que seria esperado pelo acaso (...) há pouco benefício em prosseguir com experiências planejadas para oferecer provas, visto que há pouco mais a ser oferecido a qualquer um que não aceite a atual compilação de dados.*[112]

Esta é a conclusão extraordinária da especialista em estatística da University of California, Jessica Utts. As observações foram feitas em sua revisão bibliográfica de pesquisas outrora secretas patrocinadas pelo governo sobre as "psi", sobretudo a de "ver a distância" — conhecida antigamente como "clarividência itinerante" e atualmente como "visão remota". Utts fez parte da dupla que participou de uma análise patrocinada pelo Congresso americano para avaliar o grande número de experiências empreendidas ao longo de duas décadas. Seu parceiro nessa análise foi o professor e célebre cético Ray Hyman. As conclusões dele diferiram ligeiramente das de Utts, embora ele tenha determinado decididamente que as...

> *(...) experiências são bem-planejadas e os investigadores se esforçaram para eliminar as falhas conhecidas em pesquisas parapsicológicas anteriores. Além disso, não posso fornecer explicações adequadas, se é que existe alguma, para as falhas terem ocorrido. Da mesma forma, é impossível dizer, a princípio, que qualquer experiência ou série experimental específica está completamente isenta de falhas.*[113]

Certamente, o pensador-crítico observaria que a única "crítica" de Hyman é, de fato, uma declaração sobre as experiências científicas em geral, mas de forma alguma a validade dos dados positivos é colocada em dúvida em função de seus comentários. Utts menciona especificamente esse fato — julgamento pelos "critérios aplicados a qualquer outra área da ciência" —, e como tal a declaração do pensador é típica de um homem que encontrou resultados que diferiam de sua visão de mundo e, portanto, presume que, embora não possa ver o erro... simplesmente deve existir um. No mínimo, tais palavras pronunciadas por Hyman são o que há de mais próximo da confirmação dos efeitos psi por um "cético" peso pesado.

A visão remota é classificada como um tipo de percepção extrassensorial (PES), e descreve um protocolo no qual uma pessoa é capaz de detalhar atividades e locais ("alvos") bloqueados à percepção comum. O efeito não parece ser influenciado pela distância, pois há resultados semelhantes em experiências realizadas a poucos metros e a milhares de quilômetros. Um exemplo ilustrativo de um observador remoto moderno é o ex-comissário de polícia e ex-vice-prefeito de Burbank, na Califórnia, o falecido Pat Price. Em sua primeira experiência informal de visão remota ele foi surpreendentemente preciso, a ponto de conseguir ler os títulos em pastas trancadas em um arquivo. Price mostrou uma excelente capacidade para a visão remota em muitas experiências, de modo a fazer o pesquisador dr. Hal Puthoff observar que a precisão de Price "começou a provocar um medo paranoico em mim de que talvez ele e o diretor da divisão estivessem conspirando nessa experiência para ver se eu seria capaz de detectar uma tramoia".[114]

A conclusão de Jessica Utts sobre as pesquisas de visão remota é um importante passo adiante no reconhecimento de que ainda temos muito a aprender sobre a natureza do universo e a extensão das capacidades humanas. Outras pesquisas recentes servem para reforçar esse fato. Na Princeton University, o professor de física Robert Jahn e a psicóloga Brenda Dunne provaram que os seres humanos podem influenciar o comportamento de aparatos físicos usando apenas o pensamento — como se "a mente dominasse a matéria".[115] O trabalho de Jahn e Dunne no Princeton Engineering Anomalies Research (Pear) foi mencionado em *O símbolo perdido*, e Dunne pode até ter servido de modelo para o personagem de Trish Dunne no livro — se assim foi, gostaria de saber o que ela acha do destino final da pesquisadora de paranormalidades Katherine Solomon. Jahn e Dunne também realizaram experiências em visão remota com resultados positivos. Após

28 anos de pesquisa, o laboratório fechou, em 2007, porque, nas palavras de Robert Jahn...

> *(...) não há razão para continuar a gerar os mesmos dados. Se as pessoas não acreditam em nós depois de todos os resultados que fornecemos, então isso nunca acontecerá (...) É hora de uma nova era; de alguém perceber quais são as implicações de nossos resultados para a cultura humana.*

Durante a década de 1990 os cientistas do Pear e do Consciousness Research Laboratory da University of Nevada trabalharam em um fenômeno que denominaram "consciência cósmica". O Projeto de Consciência Global começou em 1998 e realizou experiências que estudaram o efeito de grandes eventos mundiais sobre equipamentos geradores de números aleatórios. Mantido por uma equipe internacional de cerca de 100 pesquisadores, os dados do projeto indicam que a "consciência coletiva" de um grande contingente de pessoas assistindo a noticiários ao vivo na televisão — tais como a entrega do Oscar e o julgamento de O.J. Simpson — pode ter um efeito sobre o mundo físico.[116]

Dean Radin, que trabalhou no Consciousness Research Laboratory — e atualmente é cientista graduado pelo Institute of Noetic Sciences —, também acumulou dados que sugerem que os seres humanos possuem a capacidade de se emocionar antes da ocorrência de um evento — um ramo da predição denominado pressentimento.[117] Experiências como essas foram replicadas por laboratórios independentes e cum priram os requisitos para a validação de qualquer hipótese científica "ortodoxa".

Voltando à visão remota e à declaração de Dan Brown de que capacidades psíquicas como essa já eram bem compreendidas pelas pessoas na Antiguidade, vale examinar esse fenômeno em detalhes ao longo da história.

CONTANDO OS GRÃOS DE AREIA

As pesquisas sobre visão remota mencionadas anteriormente encontram paralelos em anedotas ao longo da história. Heródoto, o mais famoso dos historiadores antigos, registrou a descrição a seguir de uma "experiência" realizada por Creso, rei da Lídia, mais ou menos em 550 a.C. Creso enviou mensageiros aos grandes oráculos da época para que ele pudesse avaliar a capacidade deles:

> *Os mensageiros enviados para examinar os oráculos receberam as seguintes instruções: eles deveriam manter o registro dos dias desde o momento de sua partida de Sardes. Contando a partir dessa data, deveriam consultar os oráculos no centésimo dia, e indagá-los sobre o que Creso, filho de Alyattes, rei de Lídia, estava fazendo naquele momento. As respostas obtidas deveriam ser anotadas por escrito e levadas a ele. Nenhuma das respostas permanece disponível, a não ser a do oráculo de Delfos. Lá, no momento em que os enviados entraram no santuário, e antes que fizessem suas perguntas, a pitonisa respondeu-lhes com um verso hexâmetro:*
>
> *"Consigo contar os grãos de areia, sou capaz de mensurar o oceano; tenho ouvidos para o silêncio e saber o que o mudo está pensando. Ah! meus sentidos são despertados pelo cheiro de uma tartaruga coberta por um casco, que ferve agora numa fogueira, com a carne de um cordeiro, num caldeirão... De latão é o recipiente; de latão é sua tampa."*

Estas palavras foram escritas pelos mensageiros à medida que a pitonisa as profetizava, e, então, partiram de volta para Sardes. Quando todos os mensageiros haviam voltado com as respostas que receberam, Creso abriu os rolos e leu o que estava escrito em cada um. Somente um foi aprovado por ele, o do oráculo de Delfos. Tão logo o ouviu, imediatamente realizou um ato de adoração e o aceitou como verdade, declarando que o oráculo de Delfos era realmente o único lugar santo oracular, o único que havia descoberto o que ele de fato fazia. Pois, após a partida de seus mensageiros, ele começara a pensar o que seria mais impossível para qualquer um conceber do que o que estivesse fazendo, e, então, esperando até que o dia em que havia confirmado chegasse, ele agiu como determinara. Pegou uma tartaruga e um cordeiro e, cortando-os em pedaços com as próprias mãos, cozinhou-os juntamente em um caldeirão de latão, coberto com uma tampa do mesmo material.

O relato de Heródoto descreve o oráculo de Delfos observando acontecimentos em uma localização remota *sem* os meios costumeiros de percepção. Embora dificilmente possa ser considerado uma prova da visão remota na Antiguidade, ele realmente se assemelhava de forma impressionante ao fenômeno. E não se trata de um exemplo isolado.

O místico cristão do século XVIII Emanuel Swedenborg apareceu pela primeira vez, publicamente, após um incidente notório ocorrido em 1759. Swedenborg jantava com amigos na cidade sueca de Gotemburg quando ficou agitado e se retirou da mesa por algum tempo, indo para o jardim. Assim que voltou, anunciou que um grande incêndio havia se iniciado em sua cidade natal, Estocolmo — a aproximadamente 500 quilômetros de distância —, e temia que sua residência pudesse ser consumida pelo inferno. Mais tarde nessa noite anunciou alegremente: “Obrigado, Senhor! O incêndio foi apagado a três portas da minha." Só depois de dois dias é que um mensageiro chegou de Estocolmo com detalhes do incêndio mencionado. Seu relato foi preciso.[118]

Técnicas de êxtase

Talvez, o maior expoente original da "visão a distância", o xamã, seja uma figura arquetípica na maioria das culturas antigas. A respeitada antropóloga Mircea Eliade considerou o xamanismo a "técnica do êxtase" — não a definição moderna de êxtase, mas "um estado de transe no qual a absorção intensa relativa a questões divinas e cósmicas é acompanhada por uma perda da percepção dos sentidos e do controle voluntário".[119] O xamã especializa-se em um transe durante o qual sua alma aparentemente deixa o corpo e se eleva ao céu ou desce ao submundo.[120] Há inúmeras alusões a esse tipo de técnica em *O símbolo perdido*, incluindo a experiência de Robert Langdon no tanque de "Ventilação Líquida Total", no qual ele parece ter uma "visão remota" de Mal'akh andando pelas ruas de Washington, D.C., em "animação suspensa" a quilômetros de distância.

Embora haja pouca documentação remanescente sobre viagens xamanísticas de longa data, há exemplos atuais que deixam entrever as capacidades desses magos antigos. Um relatório feito por um missionário, padre Trilles, enquanto trabalhava com os pigmeus da África equatorial, revela que os xamãs não só eram capazes de "ver" mas também de se comunicarem com outros. O padre Trilles pedira a um nativo que aparentemente visitava uma vila, localizada a quatro dias de distância a pé, que levasse uma mensagem solicitando munição a uma pessoa chamada Esab'Ava. Foi-lhe permitido estar presente nas preparações para a partida, e ele deve ter se surpreendido com o que se seguiu. Ele relatou que o nativo:

> *(...) primeiro untou o corpo com uma mistura especial (...) depois, acendeu o fogo e caminhou em volta dele orando para os espíritos do ar e os protetores da irmandade mágica. Em seguida, entrou em estado de êxtase, exibiu o branco dos olhos, sua pele tornou-se insensível e seus membros, rígidos. Eram 10h do dia seguinte quando saiu de seu transe, e durante esse tempo o padre Trilles não saíra do seu lado. Quando acordou, o homem deu alguns detalhes sobre a reunião na qual estivera presente e, em seguida, sem que lhe perguntassem, disse: "Sua mensagem foi enviada. Esab'Ava foi alertado. Ele partirá esta manhã e trará a pólvora e os cartuchos." Três dias depois (...) Esab'Ava chegou à vila com a carga.* [121]

Aquela "mistura especial" com a qual o nativo untou o corpo era, sem dúvida, um enteógeno — também conhecido como alucinógeno. Tal método para indução de viagens mágicas era uma tradição conhecida em muitas culturas e vem ocorrendo ao longo da história. Em *Metamorphoses* o autor da Antiguidade Lucius Apuleius solicita a uma bruxa um unguento mágico que o transformasse em um pássaro, para que pudesse voar.[122] E as pesquisas do antropólogo Michael Harner sobre feitiçarias europeias levaram à descoberta que as bruxas esfregavam um bálsamo no corpo que continha plantas enteogênicas tais como meimendro, mandrágora e beladona para auxiliar na "viagem" para o sabá. Na verdade, Harner divulgou provas convincentes de que o uso de uma vassoura pelas bruxas, hoje lendário, servia a um duplo propósito: aplicador para plantas que continham atropina nas membranas vaginais sensíveis e também para dar à bruxa a imagística providencial de um instrumento físico que pudesse usar como transporte para o mundo sobrenatural (garfos de lavoura, cestos e vasos também eram usados).[123]

Embora haja uma grande quantidade de literatura disponível sobre o uso de enteógenos para facilitar alterações de consciência, esse método dificilmente é o único utilizado. Outras técnicas incluem condução sonora — rufar de tambores —, estimulação cinética e hiperventilação — danças rituais —, meditação, transe, privação sensorial — a experiência de Robert Langdon no tanque —, ritualização — rituais de *magick*, conforme praticados por Mal'akh — e condições de temperatura extrema — vistas normalmente nas tendas de calor dos indígenas norte-americanos. No decorrer da história, as culturas usaram tais técnicas para acessar as misteriosas capacidades recônditas da mente humana. Às vezes, elas envolviam efeitos parecidos com os do psi, como mencionado anteriormente. Em outras ocasiões, no entanto, o acesso era a um mundo muito mais místico: o da vida após a morte.

O CORPO SUTIL

É provável que o ramo mais fascinante das pesquisas sobre a consciência seja aquele relacionado à questão da existência ou não de uma "alma" nos humanos, e se esta sobreviveria na vida após a morte. Embora essa área seja muito mais subjetiva e enfrente dificuldades óbvias em termos de comprovações — estando mais próxima à metafísica do que à física em muitos sentidos —, ainda há bastante material interessante. Vale abordar esse assunto aqui, visto que Dan Brown menciona várias vezes que Katherine Solomon pesquisava a existência da alma humana.

Antes de aprofundar o tema, devemos contar rapidamente a história sobre como Katherine Solomon concebeu a ideia inovadora de pesar uma pessoa à beira da morte para verificar se seria possível mensurar a alma que estivesse partindo. Infelizmente, essa ideia foi antecipada em mais de um século. Em 1907, um médico de Massachusetts, dr. Duncan MacDougall, pesou seis pacientes tuberculosos à beira da morte. Ele descobriu uma perda de peso média de 21 gramas nos humanos após o falecimento, enquanto experiências semelhantes com cães não mostraram qualquer diferença. O dr. MacDougall postulou, portanto, que os humanos tinham uma alma que deixava o corpo após a morte, e os cães, não. Embora suas experiências possam ter tido inúmeras falhas — e restrições éticas proibiriam investigações modernas semelhantes (desculpe-nos Katherine!) —, a atribuição dos 21 gramas persiste. Atualmente, as pesquisas modernas sobre a possibilidade de ressurreição de mortos tendem a focar em dois tópicos: o exame das informações recebidas de "médiuns psíquicos" e as investigações das Experiências de Quase morte (EQM).

Grande parte das pesquisas modernas sobre médiuns foi realizada em dois projetos: um elaborado pelo dr. Gary Schwartz na University of Virginia; o outro, pela dra. Julie Beischel, no Windbridge Institute, que trabalhara anteriormente com o dr. Schwartz em um programa conhecido como VERITAS. A maioria dos leitores ficaria surpresa em saber que quando eles publicaram os resultados de suas pesquisas em um trabalho intitulado Anomalous Information Reception by Research Mediums Demonstrated Using a Novel Triple-Blind Protocol, descobriram que, mesmo sob condições rigorosas, "podem ser obtidas provas de recepção fora do comum de informações". As pesquisas nessa área ainda prosseguem.

A investigação científica das Experiências de Quase morte vem avançando nos últimos 30 anos, mas a novidade mais notável provavelmente seja a pesquisa atualmente realizada pelo Human Consciousness Project, um consórcio internacional de cientistas e médicos multidisciplinares que uniram esforços para a investigação da natureza da consciência e sua relação com o cérebro. Doutores em 25 hospitais norte-americanos e ingleses estudarão 1.500 sobreviventes de situações de risco de morte clínica para verificar se aqueles que tiveram parada cardíaca ou falta de atividade cerebral podem ter tido o que se conhece por uma Experiência "Fora do Corpo" (EFC). Objetos escondidos serão colocados na sala de ressuscitação, em posições que os façam ser vistos somente de cima, próximos ao teto. Se algum sobrevivente de uma EQM relatar um objeto escondido, isso será um forte indício de que a alma humana pode vagar fora do corpo físico durante uma EFC.

Essas experiências ganharam notoriedade pela primeira vez com a publicação do best seller *Vida depois da vida*, do dr. Raymond Moody, no qual o autor descobriu que muitas histórias de EQM compartilhavam elementos. A partir de tal constatação, Moody pôde construir uma "EQM típica" — embora ressalte que nenhuma contém todos os detalhes lá incluídos:

> *Um homem está morrendo e, conforme chega ao grande desgaste físico, ouve o médico constatar sua morte. O paciente começa a ouvir um barulho irritante, chiados agudos, e ao mesmo tempo sente que está se movendo rapidamente ao longo de um túnel longo e escuro. Depois disso, de repente, encontra-se fora de seu corpo físico, mas ainda no ambiente físico imediato, e vê o próprio corpo a certa distância, como se fosse um espectador. Observa a tentativa*

de ressuscitá-lo a partir desse ponto de vista incomum e se encontra num estado de revolta emocional.

Após certo tempo, se acalma e fica mais acostumado com essa condição ímpar. Percebe que ainda tem um "corpo", mas este com uma natureza muito diferente e com poderes muito diferentes do corpo físico que deixou para trás. Logo outras coisas começam a acontecer. Outras pessoas vêm ao seu encontro para ajudá-lo. Vislumbra espíritos de parentes e amigos que já faleceram, e um espírito doce e caloroso de um tipo que ele nunca tinha encontrado antes — um ser de luz — aparece à sua frente. Esse ser pergunta algo não verbalmente, para fazê-lo avaliar a própria vida, e o ajuda no processo, ao mostrar uma retrospectiva panorâmica e instantânea dos principais eventos da vida do paciente terminal. Em determinado momento, este se vê se aproximando de algum tipo de barreira ou fronteira, aparentemente representando o limite entre a vida terrena e a próxima vida. Ainda assim, sente que deve voltar para a Terra, que o momento de sua morte ainda não chegou. Nesse ponto, resiste, pois agora foi envolvido por suas experiências na vida depois da morte e não quer retornar. Sente-se repleto de sentimentos intensos de alegria, amor e paz. No entanto, apesar de sua atitude, de algum modo religa-se ao corpo físico e volta a viver.

Mais tarde, ao tentar contar o que se passara aos outros, sente dificuldades. Em primeiro lugar, não consegue encontrar palavras humanas adequadas para descrever esses episódios sobrenaturais. Também percebe que os outros zombam da história, então para de contá-la. Mesmo assim, a experiência afeta sua vida profundamente, especialmente sua visão acerca da morte e de seu relacionamento com a vida.[124]

Muitos vêm aprofundando a obra original de Moody desde sua publicação, em meados da década de 1970. A leitura dessa literatura certamente oferece percepções significativas sobre o que o sujeito de uma EQM sente e percebe e também reforça a visão de Moody sobre os elementos arquetípicos dessa experiência. No entanto, apesar de só ter atraído a atenção do público há poucas décadas, a experiência está longe de ser uma invenção moderna. Leia os trechos a seguir, retirados de papiros mágicos greco-egípcios, nos quais o sujeito agonizante ten-ta garantir a imortalidade ou a regeneração. "O segredo", co-mo diz Dan Brown no início de *O símbolo perdido*, "é saber como morrer", e o arcaico manual de instruções a seguir oferece ajuda para esse caso. Nele, o indivíduo é instruído sobre o uso de "palavras mágicas" — outro tema importante de *O símbolo perdido* — durante o processo de morte, para navegar pela vida após a morte:

> *Quando tiver falado dessa maneira [palavras mágicas], você ouvirá o trovão e a movimentação rápida do espaço aéreo vindos de todas as direções, e você mesmo sentirá que foi abalado em suas profundezas. Então, dizem novamente: "Silêncio" (...); logo após, ao abrir os olhos, verá os portões abertos e o mundo dos deuses dentro dos portões; e seu espírito, feliz pela visão, se sentirá atraído para a frente e para cima. Agora permaneça parado e direcione a essência divina para si mesmo, observando-a fixamente. E quando sua alma voltar a si novamente, então fale: "Aproxime-se, Senhor!" [palavras mágicas]. Após estas palavras, os raios se voltarão para você; e você, foque o olhar no centro. Se fizer isso, verá um deus, muito jovem, lindamente formado, com cabelos semelhantes a chamas, vestido com uma túnica branca, um manto vermelho e uma coroa de flores cor de fogo.*[125]

Esse trecho, evidentemente, segue o arquétipo de uma EQM — a audição de barulhos estranhos, a sensação do espírito sendo elevado e uma experiência envolvendo luz ou um ser divino.

A EQM tem outros paralelos na literatura mística antiga, e — como anteriormente — tratam, geralmente, de instruções para indivíduos sobre como navegar nos mundos encontrados logo após a morte. Esses livros, portanto, fornecem algum apoio para a sugestão de Dan Brown de que os antigos eram peritos nos mistérios da mente e na existência da alma pós-morte. Por exemplo, *O livro tibetano dos mortos* era usado como uma preparação para o que pudesse ser sentido pelo indivíduo após a morte e de fato possui muitos pontos em comum com o arquétipo da EQM, inclusive a visão de uma luz e de sons ouvidos. O *Livro egípcio dos mortos* também propõe uma provação após a morte, e vários de seus trechos fazem muito mais sentido quando se tem conhecimentos de literatura mística/xamanística/mágica.

Além disso, diz-se que a ioga — uma antiga técnica indiana para alcançar estados alterados de consciência — desperta capacidades individuais que parecem muito semelhantes às do xamã e às do mágico, a ponto de refletirem os efeitos psi mencionados no início deste capítulo. O *Yoga Sutras de Patanjali*, compilado em torno do século III a.C., trata de tais capacidades — na verdade, a terceira parte do livro é inteiramente dedicada aos vários "poderes" que aparentemente são adquiridos durante a prática da ioga.[126] Esses poderes são conhecidos como *siddhis* — uma palavra sânscrita que significa "poderes espirituais" — e incluem aptidões para se ver e ouvir coisas a distância — aquilo que conhecemos como visão remota — e para adivinhar o futuro — profecia e pressentimento. Hoje os cientistas em Ions estão descobrindo provas dessas capacidades. Portanto, podemos verificar que embora, evidentemente, escreva ficção e a embeleze de alguma forma, Dan Brown fez referência a certos materiais muito autênticos ao abordar os Antigos Mistérios e as inovadoras pesquisas sobre a consciência moderna realizadas pelo Institute of Noetic Sciences.

CAPÍTULO 8

A BUSCA PELA PALAVRA PERDIDA

Dan Brown, certamente, condensou muita coisa nas quase 500 páginas de *O símbolo perdido*. Mas possivelmente o elemento-chave para a história sejam a busca pela "Palavra Perdida" e — nas páginas finais — a descoberta de Robert Langdon quanto ao que na realidade isso significava. Nos primeiros capítulos, Langdon explica a Sato que a Palavra Perdida foi "um dos símbolos mais duradouros da francomaçonaria"...

> *(...) uma única palavra, escrita numa linguagem secreta que o homem não poderia mais decifrar. A Palavra, assim como os Mistérios, prometia desvendar seu poder oculto somente àqueles esclarecidos o suficiente para decodificá-la. "Dizem", concluiu Langdon, "que se você conseguir se apossar da Palavra Perdida e compreendê-la (...) então os Antigos Mistérios lhe serão revelados."*

Mais tarde, quando Langdon não consegue acreditar na insistência de Peter Solomon de que o "tesouro" enterrado em Washington, D.C. é a Bíblia, dizem a ele que os segredos poderosos estão escondidos em suas páginas: "um vasto acervo de conhecimento inexplorado à espera de ser desvendado." Isto parece um salto enorme: a Palavra Perdida mudou de um tesouro maçônico lendário para ser uma sabedoria bíblica oculta. Aonde Dan Brown quer chegar?

A resposta reside em uma das maiores fontes de Brown para a leitura de seu romance anterior: os Evangelhos gnósticos, uma coleção de escritos primitivos sobre os ensinamentos de Jesus que não faz parte dos cânones bíblicos do cristianismo tradicional.

O DIVINO EM NÓS

Em *O código Da Vinci* Dan Brown usou um determinado conceito encontrado nos Evangelhos gnósticos de forma interessante: a ideia de que Maria Madalena teve grande importância na Igreja antiga, até por ser companheira de Jesus, possivelmente. Em *O símbolo perdido* o autor mais uma vez explora uma veia rica dos Evangelhos gnósticos: dessa vez, a crença de que somos todos divinos, e de que podemos acessar esse aspecto. A palavra "gnóstico" deriva do grego *gnosis*, que significa "conhecimento" — os "gnósticos cristãos" antigos que escreveram os Evangelhos gnósticos acreditavam que a salvação não residia na fé e na adoração a Deus, mas em cada um que tivesse o conhecimento pessoal ou a experiência do aspecto divino de sua alma. Em resumo, a espiritualidade gnóstica significava olhar para dentro; o aspecto divino era imanente, não transcendente. Nas palavras de Elaine Pagels, uma especialista nos Evangelhos gnósticos:

> *(...) os judeus e cristãos ortodoxos insistem em que um abismo separa a humanidade de seu criador; Deus é inteiramente diferente.*

Mas alguns dos gnósticos que escreveram esses evangelhos contradizem isso: o autoconhecimento é conhecer a Deus; o eu e o divino são idênticos.

Como tal, os gnósticos não demandavam a ajuda de uma Igreja ou das autoridades religiosas para serem salvos; sua religião era mais uma questão de investigação pessoal. Certamente, isso não agradava muito aos que tiravam proveito da religião organizada, o que fez o gnosticismo se tornar uma heresia. Bem pouco dos escritos gnósticos sobreviveram ao expurgo feito pela Igreja Católica — tanto que apenas através das exortações da própria Igreja contra o gnosticismo os vários professores e escolas gnósticos se tornaram conhecidos.[127] Então, em dezembro de 1945, um camponês egípcio tropeçou em vários livros de papiro guardados em uma jarra fechada de cerâmica em uma caverna próxima à cidade de Nag Hammadi. A "biblioteca de Nag Hammadi" revolucionou o pensamento sobre as origens do cristianismo — os livros encadernados em couro continham diversos "evangelhos alternativos" e ensinamentos que diferem radicalmente do conteúdo dos canônicos. Esses evangelhos "secretos" proclamam Jesus como um professor gnóstico. Um deles diz: "Estas são as palavras secretas que o Jesus vivo falou e que o gêmeo, Judas Tomás, escreveu." Outra frase no Evangelho de Filipe chega ao cerne do gnosticismo, descrevendo o iniciado como "não mais um cristão, mas Cristo".[128]

Portanto, apesar de todo o discurso sobre a Bíblia ser a "Palavra Perdida", Dan Brown está de novo, na realidade, minando a Igreja seriamente em seu último romance, uma vez que afirma que a religião organizada subverteu o significado original da Bíblia. A mensagem subjacente em *O símbolo perdido* é a da ressurreição, da transformação e da gnose:

diversas alusões são espalhadas ao longo do livro, inclusive as mudanças da vida pessoal de Mal'akh, a técnica de "renascimento" dos tanques de "Ventilação Líquida Total" e até quando Langdon surge dos dutos de circulação no edifício Adams ("Langdon sentia como se tivesse simplesmente surgido de algum tipo de canal natal subterrâneo. *Nascido novamente*"). Dan Brown está de fato pregando a mensagem dos gnósticos: a de que todos devem perseguir um caminho pessoal para a iluminação a partir de seu interior, e não confiando em ser salvo pela Igreja:

> *Você tocou no xis da questão! No instante em que a humanidade se separou de Deus, o verdadeiro significado da Palavra se perdeu. As vozes dos antigos mestres foram engolidas pela ladainha caótica daqueles que se autoproclamam escolhidos e gritam serem os únicos a compreender a Palavra (...) que está escrita na sua língua e em nenhuma outra.*

Os MISTÉRIOS DO GNOSTICISMO

Ao indicar que a Palavra não está escrita em apenas uma língua, Dan Brown se refere à longa história do pensamento gnóstico para além das tradições daquela seita cristã específica. Por exemplo, ele faz Peter Solomon observar que os líderes de várias religiões contemporâneas abraçavam princípios gnósticos em seus ensinamentos:

> *Peter baixou a voz, falando num sussurro:*
> *— Buda disse: "Você mesmo é Deus." Jesus ensinou que "O reino de Deus está entre vós" e chegou até a nos prometer que "Quem crê em mim fará as obras que faço e fará até maior do que elas". Até*

mesmo o primeiro antipapa, Hipólito de Roma, citou a mesma mensagem, dita pela primeira vez pelo erudito gnóstico Monoimus: "Abandone a busca por Deus (...) em vez disso, procure por ele tomando a si mesmo como ponto de partida."

De fato, há alguns indícios de que o cristianismo gnóstico *foi* influenciado por tradições budistas. Edward Conze, acadêmico britânico e especialista em budismo, chamou a atenção para as rotas comerciais entre o Extremo Oriente e o Mediterrâneo, abertas no início da era cristã. Conze observa que "os budistas mantinham contato com os Thomas Christians — isto é, os cristãos que conheciam e usavam escritos como o Evangelho de Tomás — no sul da Índia", e os missionários budistas divulgaram sua mensagem no meio intelectual de Alexandria, no Egito.[129] Mas o budismo não teria sido a única influência sobre os cristãos gnósticos da Alexandria; a cidade foi uma verdadeira mistura de filosofias e religiões que atraíam, de alguma forma, os gnósticos, inclusive os adeptos do hermetismo e do neoplatonismo. Por exemplo, é notável que a biblioteca de Nag Hammadi contenha diversas obras herméticas entre seus textos.

Antes de essa mistura ocorrer, no entanto, havia religiões misteriosas mais antigas que tinham uma veia gnóstica definida — em especial os "Antigos Mistérios" da Grécia, um termo que aparece diversas vezes em *O símbolo perdido.* Com o nome tirado da palavra *mystai* — os participantes de olhos vendados que estavam prestes a passar por uma experiência incomum —, diziam que os Mistérios despertavam no iniciado uma nova apreciação da vida e da morte. Nas palavras de Cícero, "não só recebemos uma forma de viver com prosperidade, como também uma forma de morrer com mais esperança".

Os Mistérios de Eleusis eram os mais conhecidos. Muitos cidadãos de Atenas participavam desses Mistérios, mas ainda sabemos pouco sobre eles, uma vez que o sigilo dos rituais era muito bem guardado — revelá-los para os não iniciados era considerado um crime passível de punição com morte, e, nas palavras de um acadêmico moderno, eles "estavam entre os segredos mais bem guardados do mundo antigo".[130] Tanto nas vendas dos olhos como no sigilo rigoroso é possível perceber antecedentes nos truques e juramentos de sangue da franco-maçonaria, embora seja questionável a possibilidade de haver qualquer influência direta.

Kevin Clinton, em seu ensaio "The Mysteries of Demeter and Kore", indica que o benefício mais importante dos *Mysteria* foi provavelmente o fato de que o "o iniciado ganha uma posição melhor na vida após a morte do que o não iniciado". Essa vantagem pode ter sido gerada pela imitação da experiência de morte. Clinton cita um trecho do historiador grego Plutarco, no qual é dito que no momento da morte a alma "sofre algo parecido com o que sofrem os que participam das grandes iniciações". Curiosamente, algumas dessas experiências são nitidamente semelhantes às Experiências de Quase morte, abordadas no capítulo anterior. Há uma viagem através da escuridão, seguida de um encontro com "uma luz extraordinária" e "regiões e prados puros" com a "glória de sons sagrados". Tudo isso parece muito com uma exortação no Evangelho gnóstico de Filipe, que contrasta fortemente com a cristandade tradicional: "Aqueles que dizem que morrerão primeiro e depois ascenderão estão equivocados. Se não receberem a ressurreição enquanto vivos, eles não receberão nada quando morrerem..."

Outra religião dos Mistérios gregos que alguns veem como uma possível influência sobre o gnosticismo foi o orfismo:

> *O culto órfico — o qual se acredita ter derivado da figura mítica de Orfeu — possui vários paralelos interessantes com o gnosticismo: de acordo com a crença órfica, quando Dionísio foi destroçado pelos Titãs, fragmentos de sua natureza divina caíram sobre todos os seres humanos, que ainda seriam criados. Quando finalmente surgiram, as pessoas tinham nelas a natureza de Dionísio, muitas vezes sem se darem conta disso. Apenas os que se associaram ao culto órfico poderiam ser libertados da prisão de sua existência terrestre.*[131]

No livro *Os mistérios de Jesus* seus autores Timoty Freke e Peter Gandy chegam ao extremo de afirmar que "a história de Jesus não foi uma biografia de forma alguma, mas um meio consciente de cifrar os ensinamentos espirituais gerados pelos gnósticos judeus", e baseada nos Mistérios dos deuses antigos Osíris e Dionísio.

Portanto, onde reside a verdadeira origem da filosofia gnóstica? Alguns pesquisadores especulam que a Grande Pirâmide do Egito — aproximadamente 2500 a.C. — foi usada em cerimônias de iniciação nos Mistérios de estilo gnóstico, durante as quais o aspirante passaria por uma Experiência Fora do Corpo (EFC) e "nasceria novamente" ao retornar ao domínio material.[132] Provavelmente, essa ideia tem suas origens no 13º livro do *Corpus Hermeticum*, no qual Hermes Trismegisto explica a seu filho que "quando um homem nasce novamente, não é mais um corpo de três dimensões que ele percebe, mas o incorpóreo".[133]

No entanto, parece que o gnosticismo, em sua forma básica, é simplesmente um impulso humano. Antes dos gnósticos cristãos, dos hermetistas, dos neoplatônicos, dos budistas e judeus místicos e dos iniciados egípcios, havia xamãs — que talvez possam ser vistos como os mestres e progenitores originais dos Antigos Mistérios.

Escola maçônica misteriosa

Então, o que o gnosticismo, a Bíblia e os Antigos Mistérios têm a ver com a francomaçonaria e a Palavra Perdida? Analise a descrição a seguir da Palavra Perdida feita pelo estudioso maçônico do século XIX Albert Mackey:

> *(...) a PALAVRA, então, pode ser concebida como o símbolo de Verdade Divina; e todas as suas modificações — a perda, a substituição e a recuperação — são apenas partes integrantes do símbolo mítico que representa uma busca pela verdade. De forma geral, a Palavra em si, sendo então o símbolo da Verdade Divina, a narrativa de sua perda e a busca por sua recuperação, se torna um símbolo mítico da decadência e da perda da verdadeira religião entre as nações antigas (...) e das tentativas dos homens sábios, filósofos e padres de encontrá-la e retê-la em seus mistérios e iniciações secretas, o que por essa razão foi designado como a francomaçonaria falsa da Antiguidade.*[134]

Muitos dos primitivos escritos sobre a francomaçonaria sustentam a percepção de Mackey de que a confraria era de fato uma continuação de tradições antigas secretas — os Antigos Mistérios, que acabamos de discutir —, nas quais uma iniciação conduzia a uma epifania e a uma transformação pessoal. Eles também concordam que a metáfora da Palavra Perdida foi central para essa busca. Por exemplo, Charles H. Vail escreveu em 1909 que a Palavra Perdida era um simbolismo da "degradação dos Antigos Mistérios (...) a Palavra não era um mero nome, mas um conhecimento da ciência oculta que só poderia ser obtido pelo desenvolvimento da alma".[135] George Steinmetz, em seu livro *The Lost Word: Its Hidden Meaning* (A Palavra Perdida: Seu significado oculto) identifica os Antigos Mistérios como sendo a "origem mútua" das filosofias rosacrucianista e maçônica:

> *Que origem é essa? A origem de toda a filosofia oculta existente no mundo atual só pode ser os Antigos Mistérios (...) Estes, em harmonia com a doutrina do homem tríplice, tinham como objetivo a condução do homem a um conhecimento intelectual de seu Estado Espiritual. Ao obter tal percepção, ele poderia desenvolver o espiritual latente dentro de si e eventualmente recuperar seu status original como um SER ESPIRITUAL, consciente de sua espiritualidade inata.*

Steinmetz cita um escritor anônimo a descrever sua iniciação, com as palavras: "De repente, eu sabia tanto quanto os deuses; nada mais pode ser dito." Outro afirma que, "À meia-noite, vi o sol brilhando com uma luz magnífica".

A última declaração oferece um paralelo interessante com a busca maçônica pela luz; a "Filosofia Luciferina", que colocou Albert Pike no centro das controvérsias antimaçônicas. Há outras semelhanças curiosas. O comentário no Evangelho gnóstico de Filipe, mencionado anteriormente — declarando que é preciso ser ressuscitado em vida —, parece um precursor do ritual do Terceiro Grau na maçonaria, no qual o mestre maçom é "levantado" de seu túmulo durante uma cerimônia de iniciação rebuscada. Então a maçonaria preserva os ensinamentos gnósticos dos Antigos Mistérios?

Os estudiosos modernos da maçonaria diriam que não. Pesquisas abrangentes não encontraram qualquer linhagem direta contínua entre a francomaçonaria e os ensinamentos dos mais antigos mistérios e sociedades secretas. Em contraste, supõe-se que a francomaçonaria originou-se da "Maçonaria Operativa" — grupos de pedreiros verdadeiros —, e, depois, se desenvolveu com o acréscimo de diversas "suposições sobre o próprio passado da maçonaria e sobre as raízes espirituais da humanidade".[136]

No entanto, há indícios dessa influência. Robert Cooper, que desmascarou uma série de histórias especulativas sobre a maçonaria, aponta que alguns aspectos do hermetismo podem ter entrado na maçonaria na virada do século XVII por meio do "pai da francomaçonaria escocesa", William Schaw.[137] E Jay Kinney, em seu livro *The Masonic Myth* (O mito maçônico), pondera se os rituais maçônicos que envolvem a Palavra Perdida tiveram origem no sistema místico judeu (e com tema gnóstico) da cabala. "Parece provável", diz Kinney, "que alguém familiarizado com os conceitos e o simbolismo cabalísticos tenha contribuído para a evolução do ritual."

A opinião de Kenney é apoiada por Henrik Bogdan, um respeitado estudioso do esoterismo:

> *[Su]a busca por uma palavra perdida oferece um paralelo intrigante com as especulações zohāricas relativas à perda da forma apropriada de pronunciar o nome do Senhor, o Tetragrammaton (YHVH). Segundo a tradição cabalística, o modo apropriado de vocalizar ou pronunciar o Nome Divino era um segredo guardado, reservado para o Sagrado dos Sagrados dentro do templo de Jerusalém.*
>
> *O segundo cerco de Jerusalém por Nabucodonosor, em 586 a.C., que terminou com a destruição do Templo de Salomão e com o início do assim chamado Exílio Babilônico dos judeus, que durou até 538 a.C., resultou na impossibilidade de o Sumo Sacerdote pronunciar o nome de Deus. Posteriormente, essa situação levou à trágica consequência de que a verdadeira forma de pronunciar o nome sagrado caiu no esquecimento. Desse modo encontramos*

na tradição zohárica de uma busca pelo nome perdido, ou, mais propriamente, pela verdadeira forma de pronunciar um nome conhecido.

(...) Na essência da cabala judaica reside o objetivo fundamental da experiência individual da divindade, ou uma União Mística. É propósito que liga as duas tradições de uma forma funcional; ambas as tradições se concentram em uma identificação direta com a divindade, ou a experimentam (...) o objetivo da iniciação de grau de Mestre (...) visava ao mesmo objetivo encontrado na cabala, isto é, uma União Mística.[138]

Como vimos nos primeiros capítulos deste livro, vários desses sistemas filosóficos de estilo gnóstico (cabala, hermetismo etc.) penetraram na cultura ocidental no início do Renascimento, por meio de pessoas como Marsilio Ficino e Giovanni Pico della Mirandola. Na verdade, como uma fonte colocou, "Ficino viajava através dos desfiladeiros da não ortodoxia para chegar aos mares abertos das heresias gnósticas antigas".[139]

Assim, embora seja possível que uma conexão direta com os Antigos Mistérios inexista, é certamente provável que Ficino e outros estudiosos tenham reintroduzido elementos gnósticos na civilização ocidental, fazendo existir uma "corrente subterrânea" — uma tradição esotérica sincretista oculta do ponto de vista profano. Inspirando-se em diversas influências — dos Antigos Mistérios e do hermetismo ao sufismo islâmico e à cabala judaica —, essa tradição ficou conhecida como "rosacrucianista", antes de emergir — quase — completamente com a consolidação oficial das lojas maçônicas da Inglaterra em 1717. Seu objetivo era a gnose pessoal, a recuperação da Palavra Perdida — "um retorno ao estado primitivo e primordial do homem, caracterizado pela união com Deus" pelo processo de iniciação e transformação.[140] Sem dúvida, muitos francomaçons não concordariam com essa afirmação; e, à medida que os anos passam, a francomaçonaria parece estar cada vez mais interessada em se distanciar de associações esotéricas. Autores maçônicos antigos não tiveram tal problema, pois discordavam da teoria histórica mais mundana de que tivesse ocorrido uma evolução a partir das entidades formadas por pedreiros:

> *Devemos acreditar que esses artesãos das associações medievais, a maioria dos quais era de fato analfabeta, conceberam toda uma filosofia tal como a francomaçonaria e, então, com incrível astúcia, a esconderam sob um sistema complicado de simbolismo e alegoria?*[141]

Manly Hall afirmou que "quase todos os grandes historiadores da francomaçonaria" — inclusive Albert Pike, George Oliver e Albert Mackey — "admitiram a possibilidade de a sociedade moderna estar conectada, indiretamente pelo menos, com os Antigos Mistérios". Nesse meio-tempo, o intelectual francês René Guénon afirmou abertamente que "a instituição maçônica, através de seus graus, possui um esoterismo poderoso e uma 'influência espiritual' que leva, como em Eleusis, os 'Mistérios Menores' aos 'Mistérios Maiores', e abre o caminho para uma visão unitiva e para a liberação da alma".[142]

Na verdade, no entanto, provavelmente nunca saberemos a exata origem da francomaçonaria. Um dos perigos das tradições secretas é que, por definição, é provável que qualquer "história" seja deficiente ou que esteja simplesmente errada. E é nas tradições místicas que o sigilo é usado em alto grau. Os Antigos Mistérios do Mediterrâneo, os segredos tântricos do hinduísmo e do budismo, o misticismo dos sufis no islã, as doutrinas dos cabalistas — tudo é oculto para os não iniciados pelo rígido sigilo estrito e pela linguagem do simbolismo.[143]

O que não pode ser contestado, no entanto, é que a francomaçonaria imita, no mínimo, um sistema iniciatório de estilo gnóstico, semelhante aos Antigos Mistérios. Um dos escritores místicos mais celebrados da irmandade, Walter Wilmhurst, define o objetivo dessa iniciação com um simbolismo que agradaria Dan Brown:

> *Ainda permanece uma forma de recuperar a consciência daquele mundo e daquela vida superiores: é fazendo funcionar uma faculdade atualmente dormente e submersa residente nas profundezas e no centro de seu ser. Essa propriedade dormente é o Princípio Vital e Imortal que existe como o ponto central do círculo de sua individualidade.*

Ao escrever *O símbolo perdido* Dan Brown poderia ter feito Robert Langdon procurar por todo tipo de tesouros materiais associados à francomaçonaria: o corpo de Jesus, a Arca da Aliança, o Elixir da Vida. É louvável que ele, ao contrário, tenha se concentrado no "tesouro espiritual" da maçonaria. Uma das principais fontes de Brown, o estudioso esotérico Manly P. Hall, escreveu certa vez que a maçonaria é "uma ciência da alma". Em seus livros anteriores com Robert Langdon como personagem, Dan Brown explorou a tensão emergente da dicotomia ciência e religião; em *O símbolo perdido* é possível que ele a tenha resolvido. Colocar essa "ciência da alma" de volta na consciência pública talvez inspire milhões de leitores a explorar a francomaçonaria e outros desdobramentos dos Antigos Mistérios e, talvez, até mesmo a começar o próprio processo de iniciação e busca pela divindade interior.

ANEXO 1

OS CÓDIGOS DA CAPA ORIGINAL

No final de 2003 vim a saber que a capa — do original em inglês — de *O código Da Vinci,* de Dan Brown, continha uma série de "anomalias" curiosas: coordenadas de mapa em "escrita espelhada", letras em negrito escondendo mensagens estranhas e outras mais. A razão para essas inclusões tornou-se clara quando Dan Brown anunciou em uma entrevista que pistas sobre a sequência de *O código Da Vinci* estavam escondidas na capa de seu best seller. Ao solucionar esses quebra-cabeças e cifras e ao ficar familiarizado com muitos dos tópicos e recursos que o autor provavelmente usaria em sua sequência pude escrever, no final de 2004, um livro com informações abrangentes sobre o que até aquele momento não tinha sido publicado — o progenitor deste que está agora em suas mãos. Nesse "guia" bastante anterior aos conteúdos de *O símbolo perdido* — originalmente intitulado (e cuja publicação foi autofinanciada) como *Da Vinci na América* —, apresentei informações sobre muitos dos tópicos que supus constariam daquele novo livro de Dan Brown: Francis Bacon e a transmissão da filosofia rosacrusianista, a história da francomaçonaria, como ela influenciou os pais fundadores dos

Estados Unidos e o cenário esotérico de Washington, D.C. — incluindo localidades exóticas como a Casa do Templo do Rito Escocês.

Quando a arte da capa da versão em inglês de *O símbolo perdido* foi lançada em julho de 2009, recebi a primeira confirmação de que minhas pesquisas estavam no caminho certo. Embora somente a capa e o desenho da lombada tenham sido divulgados antes da publicação, isso foi suficiente para mostrar que diversos locais na capital norte-americana sobre os quais eu havia escrito eram importantes para o novo livro. A ilustração da capa é um "pergaminho rasgado", semelhante à capa de *O código Da Vinci*, embora tenha a colina do Capitólio em Washington, D.C. como foco em vez da Mona Lisa, e o Monumento a Washington escondido na lombada. Igualmente digno de consideração foi o selo de cera adornado com uma águia com duas cabeças e o número 33 — uma confirmação direta de que a francomaçonaria, em particular a do Rito Escocês, desempenharia um papel relevante no novo livro.

Menos perceptíveis, entretanto, eram os diversos símbolos impressos no pergaminho, extraídos da astrologia, da alquimia e de outros campos esotéricos — que contribuíam, assim, para um clima perfeito para um livro de Dan Brown. No entanto, após uma inspeção mais detalhada, algo mais se tornou aparente. Mais uma vez, o autor escondera alguns códigos na capa de seu último romance!

Em primeiro lugar, espalhadas ao acaso entre a capa e a lombada, há combinações alfanuméricas. Acima do R de "Brown", encontramos "B1". À esquerda, acima de "um romance", há outra: "C2". Além disso, no canto direito da capa, vê-se "J5". Entretanto, no topo esquerdo da lombada, encontramos "E8", e logo acima do buraco da fechadura, na parte inferior da lombada, está "H5".

Assim, foram obtidos os códigos a seguir: B1, C2, E8, H5 e J5. No entanto, a natureza alfabética das combinações alfanuméricas — B, C, E, H e J — sugeria que estariam faltando pelo menos mais cinco: A#, D#, F#, G# e I# — o que completaria as primeiras dez letras do alfabeto, de A a J. Sem a contracapa, o código era indecifrável. Ou não era?

Inúmeras pessoas (muito inteligentes!) que se propuseram a decifrar esse código observaram que, na competição anterior "Da Vinci Code Webquest", os participantes tinham sido instruídos a discar os números (212) 782-9920 e (212) 782-9932. Eles parecem fazer parte de uma série de números de telefone alocados à editora Random House, em Nova York, cujo número principal é (212) 782-9000, com os primeiros sete números (212-782-9###) iguais.

É provável que o leitor já tenha observado que os novos códigos da capa se encaixam perfeitamente nesse "padrão" de números de telefone. Organizando os cinco códigos conhecidos em ordem alfabética (ABCDEFGHIJ), o resultado é (#12) #8#-#5#5. Usando os números conhecidos da Random House como base, foram gerados alguns palpites fundamentados sobre quatro das outras combinações alfanuméricas: A2, D7, F2 e G9. Isto deixou I# como o único número desconhecido (212-782-95#5); dez possibilidades, razoavelmente fácil para alguém que queira discar cada um deles.

No fim das contas, muitas pessoas o fizeram, mas foram atendidas nos escritórios da Random House e por secretárias eletrônicas — nenhuma linha exclusiva para a competição, portanto. Isso ocorreu apesar da confirmação oriunda de uma "pesquisa de símbolos", recém-ativada, na página da internet de Dan Brown — na qual o participante tinha de responder a 33 charadas consecutivas baseadas em diversos símbolos, que, uma vez completos, permitiam o acesso a uma gravação de

Dan Brown afirmando que havia códigos na capa de *O símbolo perdido* que, se decifrados, revelariam um número de telefone. Por meio deste, 33 concorrentes sortudos receberiam um exemplar autografado de seu novo livro.

Assim sendo, o palpite decifrador estava correto — ele simplesmente fora decifrado rápido demais! A Random House não havia "ativado" a resposta telefônica da competição naquela data inicial. Discadores persistentes descobriram mais tarde, em 14 de setembro — o dia anterior à publicação de *O símbolo perdido* —, que a competição havia sido ativada no número (212) 782-9515. Uma nova mensagem, do editor de Brown, Jason Kaufman, foi disponibilizada, pedindo aos concorrentes que enviassem um e-mail para um determinado endereço; se eles fossem um dos 33 primeiros, receberiam um exemplar autografado de *O símbolo perdido.*

Quando foi lançado, em 15 de setembro, sua contracapa confirmava a decifração: as combinações alfanuméricas A2, D7, F2, G9 e I1 estão todas lá. É provável, então, que todos os que resolveram o código do número de telefone após a compra do livro — e depois de ver a contracapa — já estivessem muito atrasados — é provável que os primeiros 33 e-mails tenham sido recebidos antes de *O símbolo perdido* chegar às prateleiras das livrarias.

Mas isso não é tudo. Havia outros códigos na capa além dessas combinações alfanuméricas. Logo no interior e no exterior do círculo esmaecido circundando o selo do Rito Escocês dois conjuntos de números podem ser encontrados:

Exterior: 22-65-22-97-27
Interior: 22-23-44-1-133-97-65-44

À primeira vista, o aspecto mais notável dessa sequência de números era o aparecimento não aleatório dos números repetidos: 22, 44, 97 e 65. Isso sugeria que os números deveriam ser substituídos por letras em duas palavras, com 22, 44, 97 e 65 sendo, portanto, letras repetidas. Além disso, tais repetições em sequência lembravam um código encontrado na última página do livro de 1998 de Dan Brown, *Fortaleza digital:* 128-10-93-85-10-128-98-112-6-6-25-126-39-1-68-78. A solução, nesse caso, foi que cada um dos números se referia a um capítulo, e ao tomarmos a primeira letra de cada um destes a mensagem secreta — após ser decifrada com uma Caixa de César — "Estamos de olho em você" se revela. Se esse novo código usasse o mesmo método de cifra, ia parecer que ele não poderia ser solucionado até que o livro fosse publicado e as primeiras letras dos diversos capítulos fossem conhecidas.

Novamente, no entanto, as técnicas de decifração de força bruta vieram à tona. Supondo que os números realmente representassem letras, a decifração de força bruta, pela análise de substituição, poderia ser feita levando-se em consideração as "letras" repetidas, assim como o uso regular na língua inglesa de determinadas combinações de letras e suas posições nas palavras. Isso limitava, de forma significativa, o número de palavras possíveis de serem representadas. Algumas pessoas são suficientemente inteligentes — e têm bastante tempo livre! — para fazê-lo com papel e lápis, mas nos tempos modernos podemos ser mais eficientes e utilizar computadores para fazer esse trabalho. Por exemplo, ao converter a sequência de números em uma série equivalente de letras — preservando a ordem e os elementos repetidos (por exemplo: ABACD AEFGHCBF) —, podemos usar uma ferramenta on-line como o "Decrypto" (http://www.blisstonia.com/software/WebDecrypto/index.php) para realizar o trabalho por nós. Em apenas 0,022 segundo o Decrypto oferece apenas 15 combinações possíveis de palavras. Para qualquer pessoa familiarizada com o conteúdo de *O símbolo perdido*, uma em particular se sobressai: "POPES PANTHEON." John Russell Pope é famoso por ser o arquiteto responsável por uma série de proeminentes construções em Washington, D.C., incluindo o Arquivo Nacional, o Jefferson Memorial, a Ala Ocidental da Galeria Nacional das Artes e a Casa do Templo do Rito Escocês. Além disso, algumas dessas construções foram influenciadas pela arquitetura do Panteão, em Roma — talvez o exemplo mais destacado seja o Jefferson Memorial.

Repetindo, essa solução da pré-publicação foi confirmada após o lançamento de *O símbolo perdido*. Exatamente como previsto, cada número designava um capítulo, do qual a primeira letra teria que ser retirada e substituída na sequência. Por exemplo, o capítulo 22 do original em inglês começa com "Pacing", o 65 com "Once", o 97 com "Eight", o 27 com "Systems". Usando as primeiras letras de tais palavras e substituindo os primeiros cinco números da sequência, temos "POPES". Continuando com a segunda sequência, obtemos "PANTHEON". Uma forma bem mais fácil de decifrar os códigos, obviamente, mas ainda deve-se admirar a ingenuidade da decifração por força bruta antes da publicação! A confirmação adicional de que esse código menciona o Jefferson Memorial está no texto de *O símbolo perdido*, em que Brown se refere duas vezes ao local em que ele está localizado, o Panteão.

No entanto, dois códigos adicionais só poderiam ser decifrados após o lançamento de *O símbolo perdido* — simplesmente porque eles estão presentes apenas na contracapa. O mais destacado é a Cifra Maçônica escrita dentro da moldura vertical decorativa. Para "ler" os símbolos na orientação correta gire a contracapa 90 graus em sentido horário.

Embora essa seja uma cifra bem conhecida e possa ser decifrada sem muita ajuda, Dan Brown oferece a resposta em *O símbolo perdido* dizendo que ela "quase chegava a ser infantil". Cada símbolo é, na verdade, o compartimento moldado de forma singular da posição de cada letra no quadrado mágico.

Portanto, para começar, temos o quadrado superior esquerdo da grade correspondendo à letra "A". Os dois próximos são o quadrado superior direito que tem um ponto: "L"; a primeira palavra é "ALL". Continuando com esse método de decifração, revela-se a afirmação "ALL GREAT TRUTHS BEGIN AS BLASPHEMIES" [Todas as grandes verdades começam como blasfêmias], que é uma citação do dramaturgo irlandês George Bernard Shaw, e que se aplica primorosamente a muitos dos tópicos que Dan Brown aborda em seus romances.

Finalmente, a técnica de decifração do romance que talvez seja a mais inovadora usada por Dan Brown em *O símbolo perdido* é o quadrado de grade decodificado usando-se a disposição de números do "quadrado mágico de Júpiter" encontrado no quadro *Melancolia I*, pintado pelo mestre renascentista Albrecht Dürer, em 1514. Como Dan Brown revela, a soma dos números de cada fileira, coluna e diagonais desse quadrado mágico dá um total de 34 (que pena não ser 33!).

Na contracapa encontramos um quadrado de grade contendo diversas letras. Embora novamente essa confusão de letras possa ser resolvida pela força bruta — ela confunde Nola Kaye em *O símbolo perdido*, mas, na realidade, nenhum analista da CIA teria qualquer problema com ela se necessário —, Dan Brown explica tudo nas páginas do livro. É necessário apenas percorrer os quadrados da grade na sequência numérica: no quadrado de Dürer, o número "1" está no canto inferior direito; portanto, no quadrado correspondente no código da capa encontramos um "Y". O número "2" é o terceiro quadrado na linha superior, correspondendo a "O" no quadrado de código; "3" equivale a "U", "4" é "R". Continuando, a mensagem completa é revelada: "YOUR MIND IS THE KEY" [Sua mente é a chave], o que se relaciona bem com os conteúdos de *O símbolo perdido* relativos aos Antigos Mistérios e à Ciência Noética.

Uma observação final é que Dan Brown disse haver cinco mensagens ocultas na capa. Já mencionei quatro; então, qual é a que falta? É possível que sejam as linhas espelhadas em cima e abaixo da moldura do texto decorativo na contracapa, o famoso axioma hermético "AS ABOVE SO BELOW" [Tanto em cima como embaixo], embora isso dificilmente seja um código oculto. Ou seria esse simplesmente um método para solucionar o quinto código? Ou, talvez, uma mensagem final esteja escondida em algum lugar entre os diversos símbolos encontrados na capa? Por que não pegar um exemplar do livro e ver o que se pode encontrar? E não deixe de visitar minha página dedicada a Dan Brown, The Cryptex (http://www.thecryptex.com), para atualizações futuras.

ANEXO 2

FONTES

Mencionei várias fontes valiosas ao longo do livro, mas a seguir forneço uma lista abrangente para aqueles que gostariam de explorar os tópicos de *O símbolo perdido* em detalhes. Aqui estão minhas sugestões, sem uma ordem específica — observe, por favor, que ao listá-las não estou atestando a correção das informações contidas em cada um dos livros ou das páginas da internet, mas que elas lhe ajudarão a entender melhor as diversas linhas de pensamento:

Livros sobre francomaçonaria e sociedades secretas:

- *The Rosicrucian Enlightenment* — Dame Frances Yates
- *Revolutionary Brotherhood* — Steven Bullock
- *Revelando o código da maçonaria* — Robert Cooper
- *The Masonic Myth* — Jay Kinney
- *Solomon's Builders* — Christopher Hodapp
- *Secrets of the Tomb* — Alexandra Robbins
- *Morgan: The Scandal That Shook Freemasonry* — Stephen Dafoe
- *The Mythology of the Secret Societies* — J. M. Roberts
- *A Brief History of Secret Societies* — David V. Barrett

Livros sobre história especulativa:

- *The Secret Architecture of Our Nation's Capital* — David Ovason
- *Talisman* — Graham Hancock e Robert Bauval
- *The Secret Teachings of All Ages* — Manly P. Hall
- *O templo e a loja* — Michael Baigent e Richard Leigh
- *The Secret Destiny of America* — Manly P. Hall
- *The Secret Symbols of the Dollar Bill* — David Ovason
- *A chave de Hiram* — Christopher Knight e Robert Loma
- *O segundo Messias* — Christopher Knight e Robert Lomas
- *A revelação dos Templários* — Lynn Picknett e Clive Prince
- *The Stargate Conspiracy* — Lynn Picknett e Clive Prince
- *Shadow of the Sentinel* — Bob Brewer e Warren Getler
- *Nascidos do sangue: Os segredos perdidos da maçonaria* — John J. Robinson

Livros sobre conspirações:

- *Rule by Secrecy* — Jim Marrs
- *The Brotherhood* — Stephen Knight
- *Inside the Brotherhood* — Martin Short

Livros sobre ciência noética:

- *Mentes interligadas* — Dean Radin
- *The Conscious Universe* — Dean Radin
- *O campo: Em busca da força secreta do universo* — Lynne McTaggart

- *The End of Materialism* — Charles Tart
- *Global Shift* — Edmund J. Bourne
- *Irreducible Mind* — Edward F. Kelly *et al.*
- *Reading the Enemy's Mind* — Paul H. Smith
- *The Stargate Chronicles* — Joseph McMoneagle
- *Experiencing the Next World Now* — Michael Grosso
- *DMT: The Spirit Molecule* — Rick Strassman

Livros sobre outros tópicos relacionados:

- *The Codebreakers* — David Kahn
- *The Faiths of the Founding Fathers* — David L. Holmes
- *The Rosslyn Hoax* — Robert Cooper
- *The Zen of Magic Squares, Circles and Stars* — Clifford Pickover
- *Western Esotericism & Rituals of Initiation* — Henrik Bogdan
- *The Gnostics* — Sean Martin

Páginas da internet:

A página oficial de Dan Brown, o centro de tudo que é browniano. As fontes de cada um de seus livros, links para novidades e também um lar para os desafios da internet:

- http://www.danbrown.com/

O site de Hiram, um recurso valioso montado por Robert Lomas sobre a história da francomaçonaria. A página inclui vários documentos históricos relacionados à maçonaria:

- http://www.bradford.ac.uk/webofhiram/

Morals and Dogma, de Albert Pike, on-line. Leia os comentários divagantes de Pike sobre religião comparativa e assuntos esotéricos na íntegra, em vez de citações curtas frequentemente usadas fora de contexto pelos antimaçons:

- http://www.freemasons-freemasonry.com/apikefr.html

A página da Grande Loja British Columbia and Yukon. Ensaios detalhados sobre a história da francomaçonaria, além de pesquisas benfeitas sobre várias teorias da conspiração relacionadas à maçonaria. Horas de ótima leitura disponíveis em:

- http://freemasonry.bcy.ca/info.html

Página do Conselho Supremo do 33º Grau, Rito Escocês da maçonaria, Jurisdição Sul. Há nela inúmeros ensaios sobre o Rito Escocês da maçonaria, assim como algumas belas fotografias da Casa do Templo em Washington, D.C.:

- http://www.srmason-sj.org/

Página do Memorial Maçônico Nacional a George Washington. Essa página apresenta a história de sua construção e oferece um passeio excelente pelo Memorial com imagens do interior de cada sala:

- http://www.gwmemorial.org/

Archive.org é um lugar excelente para se procurar textos de domínio público sobre a história da francomaçonaria.

Basta procurar na seção "Texts" usando termos relacionados ("francomaçonaria" etc.):

- http://www.archive.org/

A página sobre *Kryptos*, de Elonka Dunin. Tudo que existe para aprender sobre a escultura enigmática feita por James Sanborn — exceto pela solução final. Talvez um dia, em breve:

- http://elonka.com/kryptos/

A página do Institute of Noetic Sciences. Informações sobre as pesquisas avançadas que o Ions está fazendo sobre consciência e intenção, juntamente com iniciativas baseadas em comunidades das quais você pode fazer parte:

- http://www.ions.org/

Wikipédia, a enciclopédia livre da comunidade on-line. Informações e imagens sobre quase todos os tópicos estranhos discutidos neste livro. Tudo que você precisa fazer é procurar por eles:

- http://www.wikipedia.org/

O novo programa de mapeamento do Google, que permite um zoom nos endereços de Washington, D.C. — tanto em forma de mapa quanto através de imagens de satélite detalhadas. Uma excelente fonte para pesquisar o projeto e os monumentos da capital. Você quer detalhes? Até a pirâmide de degraus em cima da Casa do Templo do Rito Escocês pode ser vista!:

- http://maps.google.com/

E não esqueça de acompanhar minha página, The Cryptex, que apresenta atualizações e mais informações sobre Dan Brown e seus livros. Quaisquer novidades após a publicação deste guia serão incluídas no The Cryptex:

- http://www.thecryptex.com/

NOTAS FINAIS

1 *A Decifração do Linear B*, John Chadwick, citado em *O livro dos códigos*, Simon Singh
2 http://www.facebook.com/danbrown, http://www.twitter.com/lostsymbolbook
3 http://www.danbrown.com/novels/davinci_code/faqs.html
4 *Esoterismo ocidental e rituais de iniciação*, Henrik Bogdan
5 Ibid.
6 *O iluminismo Rosacruz*, Frances A. Yates
7 "The Rosicrucian Dream"[O sonho da Rosacruz], Christopher McIntosh, em *The Inner West* [O ocidente interno], ed. Jay Kinney
8 *O iluminismo Rosacruz*, Frances A. Yates
9 Ibid.
10 Ibid.
11 *The Way of Light* [A forma da luz], John Amos Comenius, trad. E.T. Campagnac
12 *O iluminismo Rosacruz*, Frances A. Yates
13 Bíblia do Rei James, I Reis 5, 3-5
14 Bíblia do Rei James, I Reis 7, 13-21
15 *O templo e a loja,* Michael Baigent e Richard Leigh
16 *The Masonic Myth,* [O mito maçônico] Jay Kinney
17 Ibid.

18 Citado em "The Hidden Sages and the Knights Templar" [O sábio secreto e os Cavaleiros Templários], Robert Richardson, *The Inner West* [O ocidente interno], ed. Jay Kinney
19 "Oration" [O sermão], Andrew Michael Ramsay
20 Ibid.
21 Ibid.
22 *Descobrindo Jerusalém*, K.M. Kenyon, citado em *O segundo Messias*, Robert Lomas e Christopher Knight
23 *O Santo Graal e a linhagem sagrada*, Michael Baigent, Richard Leigh, Henry Lincoln
24 Ibid.
25 "The Knights Templar in Scotland" [Os Cavaleiros Templários na Escócia], R. Aitken, citado em *O templo e a loja*, Michael Baigent e Richard Leigh
26 *O segundo Messias*, Robert Lomas e Christopher Knight
27 *A chave de Hiram*, Robert Lomas e Christopher Knight
28 *O segundo Messias*, Robert Lomas e Christopher Knight
29 *Uma enciclopédia do ocultismo*, Lewis Spence, citado em *A revelação dos Templários*, Lynn Picknett e Clive Prince
30 *O templo e a loja*, Michael Baigent e Richard Leigh
31 *Livro das constituições*, rev. James Anderson
32 *Early Masonic Pamphlets* [Panfletos maçônicos antigos], Knoop, Jones e Hamer, citado em *O iluminismo Rosacruz*, Frances A. Yates
33 "Historico-Critical Inquiry into the Origins of the Rosicrucians and the Freemasons" [Investigação histórico-crítica nas origens da Rosacruz e os maçons], Thomas de Quincey, citado em *O iluminismo Rosacruz*, Frances A. Yates
34 *O iluminismo Rosacruz*, Frances A. Yates
35 *The Secret Lore of Egypt: Its Impact on the West* [A doutrina secreta do Egito: Seu impacto no ocidente], Erik Hornung, trad. David Lorton
36 *The Secret Symbols of the Dollar Bill* [Os símbolos secretos da nota de um dólar], David Ovason
37 *O templo e a loja*, Michael Baigent e Richard Leigh

38 *O destino secreto da América*, Manly P. Hall
39 *O templo e a loja*, Michael Baigent e Richard Leigh
40 *The Faiths of the Founding Fathers* [As crenças dos padres fundadores], David L. Holmes
41 *O templo e a loja*, Michael Baigent e Richard Leigh
42 Ibid.
43 *The Faiths of the Founding Fathers* [As crenças dos padres fundadores], David L. Holmes
44 *Talisman*, Robert Bauval e Graham Hancock
45 Wikipedia, http://en.wikipedia.org/wiki/Thomas_jefferson
46 http://freemasonry.bcy.ca/anti-masonry/jefferson.html
47 Wikipedia, http://en.wikipedia.org/wiki/Thomas_Paine
48 Ibid.
49 *A idade da razão*, Thomas Paine
50 "The Origins of Freemasonry" [As origens da maçonaria], Thomas Paine
51 Ibid.
52 *Talisman*, Robert Bauval e Graham Hancock
53 "The Origins of Freemasonry" [As origens da maçonaria], Thomas Paine
54 *The Diary and Sundry Observations*,[O diário e as diferentes observações], ed. Dagobert D. Runes
55 *Talisman*, Robert Bauval e Graham Hancock
56 Ibid.
57 Wikipedia, http://en.wikipedia.org/wiki/Haym Solomon
58 *O destino secreto da América*, Manly P. Hall
59 Ibid.
60 Ibid.
61 Citado em *O templo e a loja*, Michael Baigent e Richard Leigh
62 *A arquitetura secreta de nossa capital nacional*, David Ovason
63 http://freemasonry.bcy.ca/anti-masonry/washington_dc/ovason.html
64 *Talisman*, Robert Bauval e Graham Hancock
65 *A arquitetura secreta de nossa capital nacional*, David Ovason

66 *Talisman*, Robert Bauval e Graham Hancock
67 Ibid.
68 http://www.nps.gov/wamo/history/chap2.htm
69 http://www.nps.gov/wamo/history/chap1.htm
70 *Talisman*, Robert Bauval e Graham Hancock
71 *A arquitetura secreta de nossa capital nacional*, David Ovason
72 http://scottishrite.org/visitors/main.html
73 *Shadow of the Sentinel* [Sombras da sentinela], Bob Brewer e Warren Getler
74 http://www.fiu.edu/~mizrachs/poseur3.html
75 http://www.cr.nps.gov/nr/travel/wash/dc48.htm em *The Inner West* [O ocidente interno], ed. Jay Kinney
76 *Talisman*, Robert Bauval e Graham Hancock
77 *The Great Seal of the United States*, US Department of State
78 Ibid.
79 Ibid.
80 *The Secret Teachings of All Ages*, Manly P. Hall
81 *The Secret Symbols of the Dollar Bill*, David Ovason
82 Ibid.
83 Citado em *America's Secret Destiny*, Robert Hieronimus
84 *The Secret Symbols of the Dollar Bill*, David Ovason
85 *The Secret Architecture of Our Nation's Capital*, David Ovason
86 *Early Masonic Pamphlets*, ed. D. Knoop, G.P. Jones e D. Hamer
87 *Talisman*, Robert Bauval e Graham Hancock
88 "Two Sides but Only One Die: The Great Seal of the United States", M.L. Lien, citado em *Talisman*, Robert Bauval e Graham Hancock
89 *Occult America*, Mitch Horowitz
90 *Talisman*, Robert Bauval e Graham Hancock
91 *Occult America*, Mitch Horowitz
92 Ibid.
93 Edgar Cayce, leitura 1152-11, citado em *Secret Chamber*, Robert Bauval
94 "Changing Images of Man", Willis W. Harman, citado em *The Stargate Conspiracy*, Lynn Picknett e Clive Prince

95 Citado em *Holy Blood, Holy Grail,* Michael Baigent, Richard Leigh e Henry Lincoln
96 http://msnbc.msn.com/id/4179618/
97 http://msnbc.msn.com/id/3080246/
98 *Secrets of the Tomb*, Alexandra Robbins
99 Ron Rosenbaum, citado em *Secrets of the Tomb*, Alexandra Robbins
100 http://freemasonry.bcy.ca/anti-masonry/anti-masonry05.html
101 Wikipedia, http://en.wikipedia.org/wiki/Joseph_Smith
102 *The Da Vinci Code*, Dan Brown
103 *The Secret Teachings of All Ages*, Manly P. Hall
104 Ibid.
105 Ibid.
106 Ibid.
107 http://www.fbrt.org.uk/pages/essays/essay-ciphers.html
108 *Modern Magick*, Donald Michael Kraig
109 Ibid.
110 Ibid.
111 http://www.monticello.org/reports/interests/wheel_cipher.html
112 "An Assessment of the Evidence for Psychic Functioning", Jessica Utts
113 *The Conscious Universe,* Dean Radin
114 "A Decade of Remote-Viewing Research", Russell Targ
115 "Consciousness and Anomalous Physical Phenomena", Robert Jahn Brenda Dunne
116 *The Conscious Universe,* Dean Radin
117 Ibid.
118 http://www.swedenborgdigitallibrary.org/ES/epic31.htm
119 *Encyclopedia Brittanica Dictionary*
120 *O xamanismo e as técnicas arcaicas do êxtase*, Mircea Eliade
121 *Don Juan, Mescalito and Modern Magic*, Nevill Drury
122 *Metamorphoses*, Lucius Apulieus
123 *Hallucinogens and Shamanism*, ed. Michael J. Harner
124 *Vida depois da vida*, Raymond Moody
125 *Ritual Magic*, E.M. Butler

126 "Psychical Study in India — Past and Present", B.K. Kanthamani, em *A Century of Psychical Research*
127 *The Gnostics*, Sean Martin
128 Ibid.
129 *Os evangelhos gnósticos*, Elaine Pagels
130 "The Mysteries of Demeter and Kore", Kevin Clinton, em *A Companion to Greek Religion*
131 *The Gnostics*, Sean Martin
132 "The Hidden Sages and the Knights Templar", Robert Richardson, em *The Inner West*
133 *The Gnostics*, Sean Martin
134 *Encyclopedia of Freemasonry*, Albert Mackey
135 *Ancient Mysteries and Modern Masonry*, C.H. Vail
136 *The Masonic Myth*, Jay Kinney
137 *Revelando o código da maçonaria: A verdade sobre a chave de Salomão e a irmandade*, Robert Cooper
138 *Western Esotericism and Rituals of Initiation*, Henrik Bogdan
139 *Dictionary of Gnosis and Western Esotericism*, ed. Wouter J. Hanegraaf
140 *Western Esotericism and Rituals of Initiation*, Henrik Bogdan
141 *The Lost Word: Its Hidden Meaning*, George Steinmetz
142 *Dictionary of Gnosis and Western Esotericism*, ed. Wouter J. Hanegraaf
143 *Western Esotericism and Rituals of Initiation*, Henrik Bogdan

SOBRE O AUTOR

Greg Taylor é especialista em diversos tópicos apresentados nos romances de Dan Brown, desde antigas sociedades secretas e história oculta, passando por pesquisas modernas sobre os mistérios da mente. Há dez anos Greg Taylor é o editor do portal alternativo de notícias, conhecido como *The Daily Grail* (O Graal diário, em www.thedailygrail.com — em inglês) e também da série antológica *Darklore.* Greg Taylor tem uma longa história em pesquisas de assuntos relacionados a história alternativa e sociedades secretas; mantém um site dedicado a notícias e artigos relativos aos livros de Dan Brown: The Cryptex (www.thecryptex.com — em inglês).

Este livro foi composto na tipologia Agaramond,
em corpo 12/15, e impresso em papel off-white 80g/m²
no Sistema Cameron da Divisão Gráfica da Distribuidora Record.